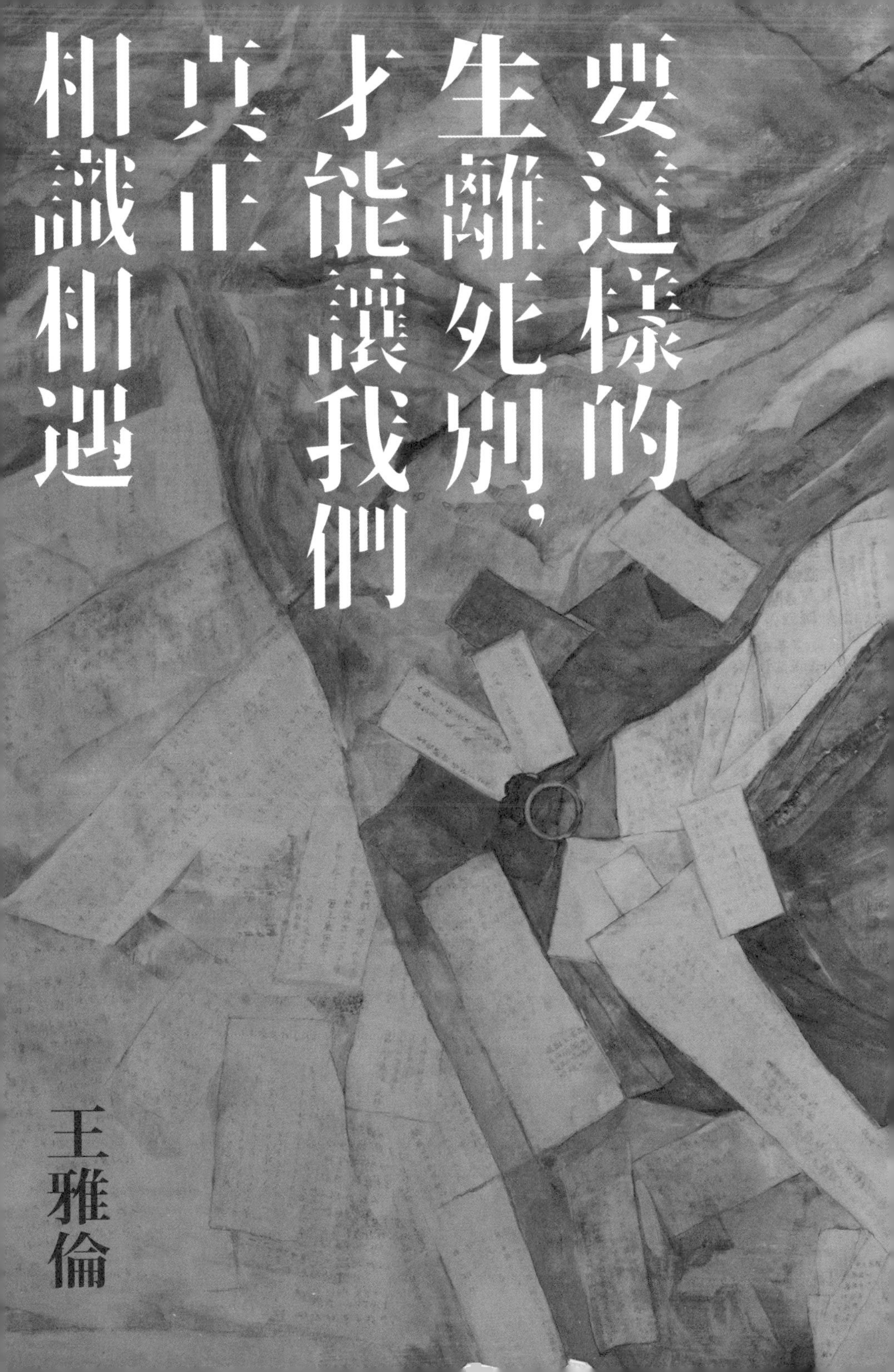

要這樣的生離死別，才能讓我們真正相識相遇

王雅倫

目錄

推薦序
給孤狼先生的一封信／陳文茜 006
在這個時代該如何去愛／郭強生 026
愛在疫情蔓延時／李永萍 031

自序 034

隔離
十四天的距離 040
孤島之旅 049
五月的告白 055
第四個十四天 061
這算不算肉體關係？ 068
我的孤狼爸爸 076

別離

爸爸不見了　088
莉莉　095
送別　105
九月開學　125
消失的幸福密碼　145
媽媽呢？　162

距離

歸去來兮 180
睡美人 188
四．五公斤 197
In bed with Sisy 214
因為張愛玲 224
來不及說再見 229
早秋的味道 234
80天13小時59分46秒 238

後記

落葉歸根 248

推薦序

給孤狼先生的一封信

陳文茜

死亡是瞬間的光束。

絕對的瞬間，細薄的切片，剎那消失。

一閃，網羅了一生悲歡離合，還有丟不開的心境。

時間凝固，如死亡片刻身體內的血，不再流動。也沒有因果。

沒有前後左右、遲早，不必敘述。身旁孩子的眼淚掉落，告別，永遠的告別。

之後儀式的呈現；遺物的整理，有如一個謎語，一一被解開。

一堆有待整理的遺物，一個神祕的黑箱子，一塊堅持壓在客廳方桌下的絨布。

你是如孤狼般的男人，即使女兒最後抱著你睡覺，你仍是一個謎。

我不打算以伯父尊稱「您」。

您有一個充滿愛的女兒，為了理解你們之間的距離，在你身亡前給了你一個稱號：孤狼先生。

狼是一種偽裝的動物，牠必須驕傲地生活野地之中。牠不能合群，牠受傷了必須自己躲在洞穴裡裏養傷，或是孤獨地流血致死。當牠發出狼嚎時，不是夜鶯的泣鳴，而是宣示自己的強大。

你真的是這樣的孤狼嗎？

還是時代的棄子？

或者，兩者皆是。

不到二十歲，你隻身一人來到南方陌生的島嶼。

面對兩個戰爭。隔著海峽的戰爭，以及你如何活下來的戰爭。

那句托爾斯泰的名言被用得太多次了：「每個不幸的家庭，各有不同的不幸。」

為什麼？

因為悲劇是一種時代的病毒，在每個人身上長出不同的醜陋樣貌，刻出不一樣的傷口。

你竄改了自己的年紀，聰慧的你，因此進了海軍。

這有錯誤嗎？

時代不只竄改了你的人生，你連好好向父母道別的機會都沒有。

你對於自己身後之事，毫無交代，惟獨囑咐女兒：把骨灰葬到徐州，回到父母身邊。

時代對你的割裂到底傷痕多深？以致於這一生最後惟一的願望仍然像個孩子一樣，回到父母身邊。

我們現在多數人只要想到難民，即和「烏克蘭」「敘利亞」劃上等號。

你，以及一九四九年前後，逃亡來這個南方島嶼的近百萬人，就是當年的「敘利亞」，當年的「烏克蘭」。

殘酷的世界下，你不想讓自己被時代碾成扁扁的。

或許你開始把自己偽裝成孤狼，而且外表風流倜儻。在島嶼的南方，一個本地姑娘為你著迷，終而與你私奔。

你很愛她嗎？

她是茫茫人海中你曾經惟一的依靠。你們有了家，有了大女兒、小女兒、兒子。但最終你飄零的靈魂，似乎這個「家」框不住你。

臨終前幾個月，你們兩人一起住在同一家醫院，同一層樓。這是多麼深的緣分。

已經是你的前妻，聽到某個病房有個鬼吼鬼叫聲，「我．要．出．院」。你的前妻已經與你分離許久，剎那間不禁問照顧她的外傭，「誰的叫聲，那麼可怕？」

外傭回：「就是妳的前夫啊！」

曾經拋棄一切和你共組家庭的她，以及大吼大叫的你，咫尺天涯，兩個虛弱的老人，同一家醫院，同一層樓，卻未曾在生前彼此探視……那怕寫下一張關懷的小紙條。

幾步路的距離，堪比月亮之遙遠。

你不愛她嗎？

斷氣之後，女兒為你淨身。先拿下你手指上一直帶著的戒指，她以為那是你後來的紅粉知己和你之間的定情信物。取下戒指之後，她赫然發現那是你和妻子當年結婚的戒指。刻著日期，年月日。這麼多年了，你已經自己先行離開這個家、婚姻，為什麼抓住戒指牢牢不捨？

你人生最後一個月，壓在客廳方桌下有一塊神祕的絨布，也是在你離開的時候，孝順的女兒雅倫才將之取出。她驚訝地發現那是你和妻子結婚當天賓客簽字的絨布。你不只一直保存著，最後在沒有人明白什麼狀況下，你知道自己快要走了，決定在家安寧。你用神祕的方式如藏匿不可告人的情書，沒有人發覺你的依戀。

你不愛這個家嗎？

或許為了呈現孤狼的瀟灑風流，你等於親手毀了自己一手建立的家。但當年，為了這個家，你知道軍隊沒有前途，戰爭可能奪了你的命；孩子們不能沒有爸爸。

你早早退伍，吃盡苦頭。

晚年病危住院時你偶爾到振興醫院公園散步，一台計程車駛過，你告訴照顧你的外傭 Lilly，「我開過這個車！」一台卡車在大馬路上，你說「我也開過這個車」。公共汽車停站，你忍不住又說：「我也開過這個車。」

Lilly 說：「阿公，你好棒喔！」

為了撐起一個家，你什麼苦都吃過，什麼活也肯幹。之後，你在羅東有了一個工廠，自己當起了老闆；一家終於衣食無憂。

或許你從來都不是慈祥的父親，但你的孩子們個個脫離了你的命運，也都受到良好教育。尤其雅倫，從北一女，台大政治系轉外文系，之後留法，唸的是法國總統們的共同大學研究所：法國高等政治學院；而不只是普通台灣人熟悉的巴黎大學。她如此傑出，一度在坎城影展是許多人印象深刻的策展人。

你曾經懷念這個家嗎？

你留下一個神祕的皮箱，上面有著密碼，最後是比利時趕回來為你注射藥物的聰明孫女解碼成功。

那個黑箱子的密碼是：你們在台北第一個家的地址。

孤狼先生，你懂得愛？

或是你有能力表達愛嗎？

當你惟一的遺憾是身後和父母一起葬在徐州，我突然驚覺可能終其一生，你一直是那個被時代從媽媽身邊抓走的孩子。

你不能哭，哭了也沒有用。你不能尖叫，因為你的時代太殘酷，你的命及一切都不允許你任性，儘管當時的你只是一個青少年。

或許這一生，精神上你一直無法從那個離家的起點往前挪移。

戰爭一直持續著，海峽兩端的以及你的內心，都是戰爭。歲月容貌滄桑了你的外表，但不代表歲月可以消融你這個可憐的孩子，一生見不到父親母親的痛楚。

我們每個人都是歷史中的人。

但你的歷史是心要紮針，手要幹活，腳要紮地。

否則前方就是懸崖之谷。

孤狼先生，我不認識你，我沒有見過你。但是當你的女兒從比利時趕回來倉皇失措時，我教她趕緊買氧氣，我代替慌亂的她先行聯絡金寶山處理你的後事，她白天趴在地上，守著你寫「世界周報」的稿子，晚上嬌小的她抱著孱弱的你睡覺……如你的母親，呵護著你！

當你沉重的呼吸聲，透過雅倫的手機傳到我的耳朵裡時，我知道你和她最後互換角色的時間，一分一秒，皆珍貴無比。

因為一切的不幸，一切的疑問，一切的不捨，一切的苦難都快結束了。

我奇怪的預感，使我在你斷氣當晚臨時向晶華酒店叫了一小桌菜。我特別訂了杏仁茶，希望女兒塗在肝昏迷狀態中你的嘴唇上。我希望至少至少在這個世界上你最後感覺的味道是甜的。

接近半夜，你走了。法醫快速開了死亡証明，你的遺體即將前往殯儀館。

我的心情跟著雅倫曾經敘事你的筆觸，起伏不定，深夜寫下了一首詩：

Hi，孤狼先生　文／陳文茜

Hi，孤狼先生，
我不認識你，
但我認識你天使般的女兒。

她哭，
我在深夜裡突然醒來，
想陪她哭

她慌亂，她不捨……
我尋著她的路，
一起走向一條父親死亡之路。

Hi，孤狼先生，您現在在哪裡？

我們好似站在沙灘上望向彼此，
你喝高粱，我不奉陪
因為我不喜歡也不需要展現孤狼式的豪邁。

Hi，孤狼先生
樹葉間的晚風，明月，照不亮你的眼睛。
我看不清你

夜晚的沙礫像肋骨，
橫在
你已經冰冷的身體，
橫在我還有血流的肉身。

我們彼此並不認識，
但我曾經聽見你沉重的呼吸聲

Hi，孤狼先生
我閱讀了你的祕密，
你的女兒抱著你，
她的手擁著你的身
四周除了你的呼吸聲之外，
寧靜如黑洞
但滿愛如潮水

什麼是死亡？
褪去過往？
擦掉印記？

但它的底色，不是白的，
也未必是黑色

Hi，孤狼先生
至少你的生命
抹上了一點彩色

它像海面上曾經暗下去的光束，
等黑暗全部籠罩上來，
光束再度照亮

Hi，孤狼先生
你在意我這樣稱呼你嗎？
我看到你的女兒用擁抱你

用愛、用心疼，撫摸著你的頭髮

如一位母親
如一位天使
襯起你最後一口氣

她心最痛的時刻，
你不在她身旁
你最無助的時候
她雙手滾燙
渾然不覺
如風微微地
撫摸你的頭

爸爸，對不起，我晚回來了。

你已耳聾許久
那一刻你是否錯覺
回到兒時情景
媽媽的懷裡

所以你，孤狼先生
迫不急待的離開
投奔這一生你失去、渴望、想要、但是永遠要不回的母親懷抱

颱風吹動針葉，
黑藍色的光
傾瀉

天空巨大的陰影
投射到海面，

城市裡小小的公寓
小小的床
她伸手，她抱著你

睜開眼睛
你看見她，一束光，
你的瞳孔發生了小小的彎曲

你不再是孤狼

你吐了最後一口氣。

孤狼先生，在你的告別式上我題字：「千古不孤，瀟洒再回」。

孤狼先生，你並不如你想像中孤獨，世界上很少有這麼愛父親，不求父親回報的女兒，陪他到最後。

走到千古了，或許你才明白自己並不孤獨，你終於也不必再佯裝堅強。

安息了，這一生，或流浪，或渴望家，或習慣了不安，或喜歡偽裝瀟灑。

你好似移情了其他的女人，卻終生不棄離某些對妻子的誓言，牢牢緊緊，扣住手指，不曾脫下。

你愛，你逃，你背叛，你回來，你出軌，你照顧家，你離開家。

這都是你，那個不到廿歲被抓離母親身邊的你。

飄零的靈魂，以白骨，回到徐州，回到媽媽身邊。孤狼先生，安息吧。

回到故鄉的那個夜晚

我的白骨跟著我

在熟悉但已消失的房子裡躺下

死亡真好
它那麼真實 奪走一切
又帶給了我自由穿越時空穿越現實

黑暗的房頂通向宇宙
如天空傳來的頌歌
此刻現實是根已被我抽熄殆盡的餘煙

風吹過來了
黑暗中仔細端詳著
我慢慢風化的美麗白骨
眼淚忍不住流了下來

是我在哭嗎？
還是白骨在哭？
還是我失去又回復的美麗靈魂在哭？

遠處的狗
守著黑夜不停地吠叫
向著黑暗吠叫的狗啊
應該也是在攆我離開吧
如同當年的時代情景

狗說：走吧走吧
像被驅趕被放逐一樣離開
瞞著白骨

去另一個美好的故鄉

絕不絕不
我已離開放逐被欺騙的一生
至少這次我的白骨將頑強地抵抗
這回我會懂得把它埋得很深很深

我沒有另一個美好的故鄉
只有遠方我惦記美好的孫女們

她們將在塵世繼續追逐身體
她們尚有未完成的任務

我抱著白骨

深入土中
祕密的悄悄的思念她們
兩個故鄉在此團圓

推薦序

在這個時代該如何去愛

郭強生

近三年的疫情終於趨向緩和，許多居留海外的朋友因為不再需被隔離，大家在台灣陸續又聯絡上了。

上次見到雅倫已經是七年前，感覺已恍如隔世。而在那之前，我們從曾是大學畢業公演的戰友，卻在畢業後各自分飛，幾乎三十年沒有彼此的消息。

如果我們的畢業紀念冊也來模仿美國的慣例，大家來票選「做什麼都會成功」的同班楷模，當年我的那一票應該會投給雅倫。

她的英文即席演講總讓大家五體投地；同樣只修兩年第二外語，她的法文卻已經流暢無比。一邊忙著學校社團活動，一邊被我拖來參加畢業公演，飾演一個驕縱的富家小女孩，因不滿被老師處罰而揑造出目睹老師同性戀行徑的謊言，毀掉了兩個女老師的人生……

擔任導演的我在一九八〇年代不按牌理出牌，明明可以依樣畫葫蘆演個《少奶奶的扇子》或《仲夏夜之夢》就好，卻挑了個這樣題材勁爆的《雙姝怨》。我猶記得，在後台看到她讓全場觀眾屏息噤聲，將劇情推向高潮，當時就想著，還真是沒有任何事能難得倒雅倫。

那樣緊鑼密鼓的排戲時光，大家慶功時的酣暢痛快，匆匆寫下了大學四年的句點，而各自的未來仍是未知，我們就這樣揮手奔赴前程。我在紐約求學時，聽說在比利時的她結了婚，還生了一對雙胞胎。

二〇一四年底，和雅倫自大學畢業後的第一次重聚。

我們很快找回了大學時的熟稔熱絡，夜遊長談，談工作談感情，交換著心中一些失落，一些期盼。雖然我的父親當時已需要我費心，但是最糟的情況都還沒有發生，我那本《何不認真來悲傷》都還沒有寫出來。雖然大家都已經歷了一番人生考驗，但彼時尚不知還有更大的變故在等著我們。

現在想起來，那時仍帶著些許年少遺緒的相聚，多麼難得奢侈。

之後又斷了聯絡。但是每當我轉台看到《文茜世界周報》有關歐洲情勢的分析報導時，我就會想到這是雅倫的手筆，總是這樣的精練透澈又具深度。

今年終於又在台北見到雅倫，我們依舊約在深夜的小酒館暢談，但是已跟七年前記憶中的我們有了明顯的差距。生離死別不再是無常，已然是年過半百的我們所面對的日常。儘管總是話匣子一開就停不下來，但那晚卻是我第一次聽到她詳盡地跟我訴說了她的家庭故事，聊她在病榻上隨時可能撒手的父親，還有與父親之間這一生的情感糾結。幾天後她用簡訊告訴我：爸爸走了。

幾個月後我收到了她的書稿。

看到了書名，雖然已大略知道這是有關她這段與家人和解的艱難人生路，但是我在心裡同時發出了另一聲感嘆：原來我們的家庭有這麼多的相似處，但是之前的我們從來不說。

我們都是外省第二代，從小都知道父母輩年少時的顛沛流離，來到台灣之後從一無所有到養大了我們，對他們心裡雖充滿憐惜，但是我們卻一輩子都不曾真正了解，那顆經歷過家破人亡的心靈，藏著多少不為外人所知的孤寂與祕密。在威權時代那些故鄉的事不能說。在一心只求安居樂業的寄望中，他們開始無人可說。他們這個世代就這樣凋零了，而我們這些做子女的，在忙完自己的婚姻事業後第一次驚覺，有多久沒有好好聽父母親說話了？卻往往只留下來不及了的遺憾。

儘管許多來龍去脈在前次相見時已略知，但是文字的力量畢竟不同。我幾度被雅倫的文字揪住了肺腑，必須暫停片刻才能繼續往下讀。她寫到父親從臨終到入殮的整個過程，如此細膩真摯，讓我在心裡又再一次重播了我久違的悲傷，更彷彿預示了我接下來更艱難的告別。

但是雅倫的文字更有一種奇特的療癒效果，竟然能讓我在讀著她因為疫情焦頭爛額，這邊父親無法送醫，那邊母親又確診時，我心裡突然充滿了感恩：我之前的遭遇原來不算最糟的！

外省第二代絕大數人沒有見過自己的祖父母，沒有幾張父母親少時的照片從兵荒馬亂中倖存，我們認識他們的時候就是父母的角色，缺乏更多資料可拼湊出，他們除了是我們的父母外，他們也曾有父母疼愛，有美夢待圓。

那些少小離家、努力把他鄉活成故鄉的父親們，都有著某種共同的性格，跟我們之間那道隱隱的隔閡，到了中年之後愈發地讓人感到欷歔。

向子女討愛，他們從來不開這個口，最後讓我們誤以為他們天生堅強。沒有想到，也許我們手中握有著，讓他們在流離人生中最後能感受到的愛。

跟我一樣，雅倫成了那個一肩擔起照顧父親的孩子。「希望他再等我一次。」看到雅倫寫下的這句，我瞬間濕了眼眶。

這部作品不僅僅只是記錄了疫情期間，一個平凡家庭裡發生的事。這更是一個關於在我們這個時代該如何去愛的故事。

要這樣的生離死別，才能讓我們真正相識相遇。這豈止說的是親人之間？更是朋友之間、人與人之間、在現代社會裡的一大難題。我們都彷彿要在經歷過這些生離死別之後，才終於更認識自己。更是因為終於能將這些深埋的情緒說出口，我們才更認識了彼此。

寫散文的雅倫，彷彿讓我跟她重新相遇。

推薦序

愛在疫情蔓延時

李永萍

新冠肺炎疫情肆虐全球，三年了。這三年間，大家各自隔絕在世界的某處，重新思索著生活、生命以及看不清楚面貌的未來。家人與朋友、親情和愛情，都被迫以過去不熟悉的模式，緩緩蛻變、重新演繹著……

我的至交好友王雅倫，以她過人的才情、細膩的筆觸，準確記錄了疫情下的人生剖面及對於「家」的定義和省思。雅倫的文字，呈現了張愛玲式的感性悲涼，卻也有著手術刀般的理性精密。

作為讀者的我們或許家庭和生活面貌與王雅倫的大不相同，但她超越現實表相、直指問題核心的筆力，可使讀者直視內心，反省喟嘆。

雅倫的家庭是典型全球化的產物。她出身台北、台大，而老公來自北京、北大；他們二人在比利時相遇成家。於是，孩子們在歐洲就學就業，而他們夫妻二人在疫情前被美國企業集團派駐上海工作。雅倫的父母弟妹都在台灣，而她夫婿的家人則在山東。他們這樣多元、國際化的經驗，原本或許是人們欽羨的對象，卻在新冠衝擊、嚴格的管控隔離措施下，成了意想不到的「疫情難民」。有家歸不得，盡孝成奢望。病毒擊垮的豈只是人的身體，其對情感的摧殘與損耗，讓心靈成荒原。雅倫在困境中持續地奮戰與感悟，是最珍貴的心靈抗疫紀錄。

讀了《要這樣的生離死別，才能讓我們真正相識相遇》一書，讓我想起馬奎斯的《愛在瘟疫蔓延時》，苦難中如何延續情感，生離死別、孤寂絕望時如何重塑個人的身分認同；雅倫此書，何等真實！

王雅倫與我，在北一女結緣，而後於台大外文系同學時期成莫逆知交，一晃眼已過了四十年。高中時期，十多歲的雅倫已然文彩出眾、早慧若妖。當年，還是高中生熱衷於寫作武俠小說的年代，互別苗頭的才女同學間，一直認定雅倫會是最早出書的那個。北一女時如此、台大外文系時也如此；而雅倫留法攻讀戲劇學位時更是如此。沒想到，她的第一本書，讓我們等了四十年！

然而，若不是疫情與隔離，王雅倫或許還無法在此刻下定決心成書。當她被隔絕在北京旅館的小房間中，用 line 跟我通話，哭著對我說：「永萍，我又寫了兩萬字，否則真的撐不下去……」時，我只有一個建議，「出書吧！」，跟大家分享真誠的經驗才是最好的療癒。

「隔離」、「別離」、「距離」，或許是災難帶來的意外，也可能是我們生活的日常。相信讀者們看完此書，除了滿滿的感動，也能對自己的人生有著新的觀照！

自序

為了報仇，我決定寫一篇祝他生日快樂

有一種冷，叫做外婆覺得你冷。

有一種才氣，叫做老公覺得妳有才氣。

前者：裹得媽媽認不出來，絕對是親外婆。

後者：逼得妳非得寫些東西，絕對是好老公。

親外婆和好老公，說穿了都是一個套路，就是不達目的絕不放棄的囉嗦：除了乖乖就範，別無選擇。

外婆非得把小外孫當成端午節的粽子，滿屋追著裏三層外三層的加衣服，能反抗嗎？老公成天有事沒事人前人後叨叨唸著，像是我到處欠了債似的，人家欠債是躲在家裡，我的冤親債主就在家裡！

而且他和追娃娃添衣服的外婆阿嬤一樣，都是說到做到的行動派。從設立帳號，申請操作，測試群發……全部親力親為。有過經驗的人就知道，這的確是一件大工程。

為了往後的家庭和睦，我能不寫嗎？

陰錯陽差，這個微信公眾號架設好的那一天，正好是二〇二〇年六月六日：二次大戰諾曼第登陸的 **D-Day** 紀念日。

我唯一做的，就是替這個公眾號取個名字：「古意惟許」——其實就是 **Green Wish** 的音譯。

諾曼第登陸之後，我也只能匍匐前進。

倒也沒有什麼槍林彈雨，只是老公每天下班回家不再問：今天晚上吃什麼？

他問的是：今天寫了什麼？

這也沒錯，寫東西不就和做菜一樣嗎？得事先想好做什麼菜，通常是自己想吃的或是被點名的菜。然後去買菜找食材，考慮季節性和新鮮度，然後回家洗洗切切，加油添醋，或蒸或炒，最後選個盤子端上桌。只要是自己下廚做的菜，哪怕就是一碟涼拌小菜，沒有人不在乎被品嚐之後的反應。每天吃飯過日子，家人小孩，老夫老妻，不見得會褒獎稱讚三餐料理，當然也不至於抱怨，差別在於是把菜吃的盤底朝天，還是乏人問津，立刻分曉。

我們家關於剩菜的對話如下：

「好吃嗎？」

「好吃。」＊

「要不要再添點？」

「不要，謝謝。」※

寫文章相差無幾：通常是自己想寫的，或是別人想讀的（這裡的別人只有一個：you know who）。題材的季節性和新鮮度，就是當下所聞所見的時事新聞，或是日常生活的有感而發。東西寫完了，端上桌的結果也是一樣，小媳婦總是要見公婆，我的公婆也只有一個：同上。

不管任何時候寫完，不論什麼主題，他總是立刻放下手頭的事，隨叫隨到地讀完，替我改改錯字（我的簡體字不到位），然後就興高采烈地說：「可以發了？」

他說「可以發了？」的神情語氣，就像肚子餓了等著開飯的時候，問「可以吃了？」……

發！

然後他總是那個第一個（多半也是唯一的一個）點讚的人。

我的作業寫完了，他才開始忙乎。他認真地轉發給他的朋友——我發誓這是一場革命——打破他向來不發朋友圈的習慣。一個從來不發什麼美食旅遊聚會風景照片的理工直男，這會兒押上他的友情，毫不臉紅的主動群發。

＊ 是要你繼續每天做飯。

※ 這道菜下次別再做了。

想想我們從前去小孩學校年終表演，捧場當啦啦隊，拚命在台下為孩子鼓掌叫好，不過如此。

然後他還熱心地觀察哪一篇有多少人讀，有多少人關注，遠比我還在乎。

每一篇文章，都像是丟向大海裡的一個小瓶子，瓶裡裝了一個小字條，飄到哪兒被撿起來了，被打開讀了，就是一場值得感謝的相遇。別無他求。

但是沒有這位一直囉囉嗦嗦叨叨唸念，不達目的絕不放棄的推手，我絕對不會自己往文字的大海裡跳。

就是只有一個人讀（……同上），我也會繼續匍匐前進地寫。

為了報仇，我決定寫一篇祝他生日快樂！

二〇二〇年十月十八日 寫於上海

隔離

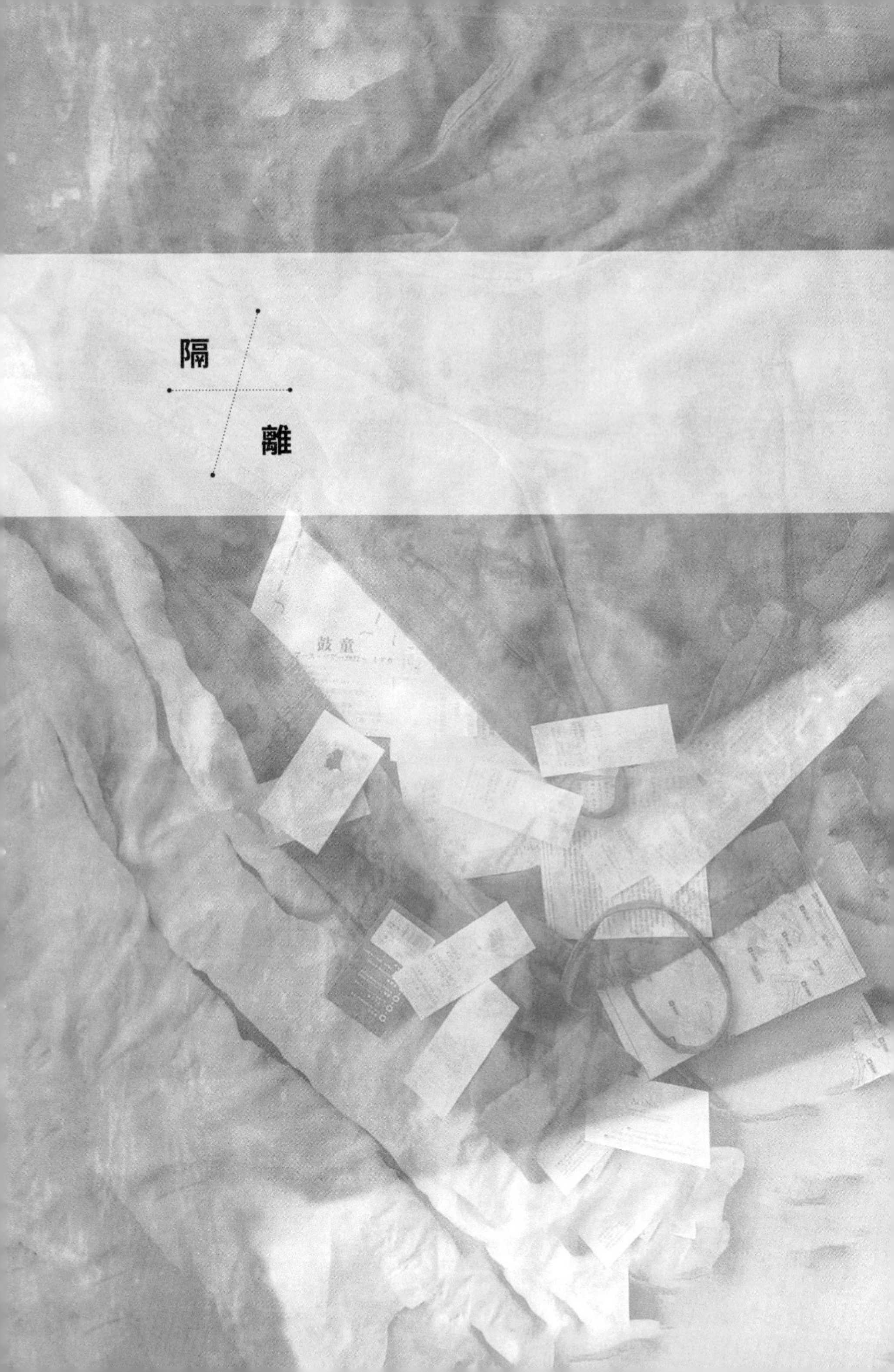

十四天的距離

十四天。這是我和新冠病毒的距離。也是我和病危的爸爸之間，遙不可及的距離。

二〇二〇年七月二十七日中午，接到台北家人的電話，八十九歲的父親被送進醫院，情況不是很好。我立刻訂了第二天一早的機票。起碼還有飛機。

機上空空蕩蕩的，一架空巴320大概只有二十多個人。中間一段全是空著的。我坐在第55排，後面也空無一人。

早上十點三十就到了台北。下機後，有台灣手機號碼的人，掃碼登記之後就可以入關。我沒有手機號碼，必須先辦一支手機號碼。

他們問我有沒有台灣的身分。有的。我的皮夾裡有台灣的身分證，比利時護照，還有台胞證。

以前台灣身分證上寫的是爸爸的籍貫：江蘇徐州。比利時的護照上寫著：出生地台北。台胞證上只有一個號碼。上海是我現在的居住地址。

台灣台北人。比利時客家人。上海新鮮人。

這都是我。但是新冠病毒把我所有的身分都切斷了。在每一個身分之間，都是十四天的隔離。

我在每一個檢察關口都一一說明我的情況，希望立刻進行核酸檢測。被認為是控制疫情模範生的台灣，竟然不進行落地檢測！也不接受申請，只要求隔離。無論如何，我得先自行居家隔離滿五天之後，無症狀才能提出核酸檢測的申請。審查符合資格，而且要取得醫院同意探病之後，由衛生單位安排到指定地點自費檢測。費用是七千台幣，相當於一千兩百人民幣。

然後在取得檢驗陰性報告三天內，經醫院同意後，無論是探病、奔喪或辦理喪事，均以每天一次，每次兩小時為原則（不含車程）。外出時不得搭乘大眾運輸工具。

沒有例外。
我搭上訂好的防疫車輛，回到登記的隔離地址。開始十四天，三百三十六個小時的隔離。
爸爸能等我十四天嗎？
這十四天之後，我會是探病、奔喪、還是辦理喪事？
長年居住在歐洲，隨著父母年紀越來越大，千山萬水的距離一直是一個擺脫不掉的陰影。跟隨先生選擇了到上海工作的機會，也是為了縮短這一段和他們的距離。小時候忙著長大，父母忙著為養活我們而打拚，長大了忙著遠走高飛，離開這個島。等我們自己也有了家有了孩子，也開始生活停不下來的忙碌。雖然每年都帶著孩子們回去，但總是來去匆匆。
來去匆匆之間，我們從來沒有時間好好相處。總是那種才進家門，就問我離程飛機是哪一天的倒數式相處。只要他們沒倒下，我們的腳步似乎也不會停下。
這一輩子和父母的關係，也許就是這兩個字：等待。
他們一直在等我們長大，等我們自立，等我們成家，等我們回家，從黑髮等到白髮。然後他們老了，病了。躺在一張陌生的病床上，以衰老的身體辛苦地和病魔纏鬥，等待生命的宣判。

我從來沒有停下來，等過父母。我想不起來。

二〇二〇年夏季的這十四天，成了第一次，唯一的，我為了爸爸的停格。等待。希望他也再等我一次。

只有等待，才會讓人想念。只有停格，才會讓人回憶。我沒有太多和爸爸獨處的記憶。

小時候他的工作讓他總是不在家。在那個顛沛流離的年代裡，爸爸陰錯陽差到了台灣，不准通信，無從探親的漫長歲月裡，他年紀輕輕卻已經蒼老不堪的鄉愁，只能被藏在夜深人靜的黑暗裡，我們的沉睡，他的失眠。記憶中，偶爾醒來的夜裡，他總是一個人，安靜地坐在飯桌上，一杯香烈的高粱，好澆熄他濃濃的鄉愁。濃的化不開，酒也醉不了的時候，他總是會抱歉地把我搖醒，悠悠長長地說，妳要記得啊，徐州銅山縣，城東十八華里的東賀村，祠堂上的那塊匾，士廣興大學，妳是興字輩……

然後也替我倒上一小杯。乾吧。

他幾十年來每天夜裡的那一杯，澆熄鄉愁才能成眠的烈酒，累積成了現在折磨他的肝癌和肝硬化……

國中考高中之前，有天我正巧一個人在家唸書。他忽然回家，跪在客廳里大哭，嚇得我不知所措。他斷斷續續地說，今天得知他的父親，我的爺爺，過世了。而且已經過世二十多年了……我只記得自己拿了一條小毛巾給他擦眼淚，我那時還太小，不知道怎麼安慰他，甚至沒有抱抱他。爺爺對我而言，實在是一個比模糊還要模糊的概念，我們連張照片都沒有看過……

最後一次，是二〇一〇年的三月。我剛好因為工作回到台灣，他急著要帶我回徐州掃墓。兩岸開放之後，他的心願就是回老家替我的爺爺修墓。他在原來老家的東賀村旁，買了一塊寸草不生的石坡地，花了好幾年整地種樹，修了一個綠意盎然的漂亮墓園。我看過他拍的照片。但是當地的人都覺得他太傻，因為後來發現這塊地，正好是徐州高鐵要經過的路線，隨著二〇一〇年上海世博開幕在即，他辛辛苦苦好幾年，一草一樹一石一磚蓋起來的墓園，就要被拆了！

當時還沒有台北直飛徐州的航班，也沒有可以直接落地加簽的台胞證，所有的台胞證都必須到香港加簽。我們於是一大早從台北飛香港，趕著去辦我的台胞證加簽。七趕八趕的好不容易辦好加簽，當天唯一一班香港飛南京的航班已經起飛了，只能等隔天的下一班。

我說，爸爸，我們去香港市中心逛逛吧，好好吃一頓住一夜，明天一早再來。

他不肯。於是我們父女就像兩個被困在機場的無國籍難民一樣，在機場過了一夜。我們一起在機場餐廳吃飯，然後找了兩張長椅準備過夜。其實我們兩人一夜也沒怎麼睡，爸爸沒有酒，睡不著。我們父女天南地北的聊著。他談起費了好大的勁兒，才找到爺爺的老墳，如何大費周章的買地遷墳，填地修墳，大家都勸他不要浪費精力，還不如蓋房子，被拆了起碼還有補償……

他離開老家才十四歲，一個人到了台灣，只能進軍隊，而且還是加了兩歲才勉強夠格。一個無依無靠的窮孩子，追到一個漂亮的台灣姑娘，成了家又怕養不活我們姐弟三人，於是退役下來開公車大巴，開計程車，開卡車，開油槽車，拚命賺錢……只要有工作，他都肯幹，特別是別人不敢接的危險活兒。然後從替人打工的卡車司機變成老闆，從一輛卡車到好幾輛車……那是台灣經濟起飛的年代，那是一個血汗打拚的時代。他這一輩子從來沒有休過假，到現在不知道什是退休。

好奢侈的一夜，是這輩子我和爸爸唯一一次的徹夜長聊。第二天，我們兩人睡眼惺忪的上了往南京的飛機。下了飛機就趕往火車站。在人山人海的南京火車站，他要我看著行李，他去買火車票，叮囑我不能開口和別人講話，以免洩漏了我的台灣口音，怕我被人騙了。我看著他蒼老的身影，消失在人群裡，跑遍了全世界的我，忽然覺得自己像一個小女孩兒，在校門口等著爸爸來領我回家。爸爸從來沒有接送過我上下學，原來是這樣一種安心又幸福的等待。

風塵僕僕地到了徐州，爸爸急著要上墳。我們買了香和紙錢，立馬就出發。

不過照片上綠油油的墓園已經不見了，只剩下一個忙碌雜亂的高鐵站工地。我愣愣地看著周遭忙進忙出的工人，實在是太錯亂了。爸爸逢人就問，最後在一堆碎石亂瓦旁的小空地上，我脫下外套，我們就這樣跪在地上，燒了香，祭拜起來。我不認識，從來沒有見過面的爺爺，爸爸替您修的墓園，您收到了吧……我替弟弟妹妹，一共磕了三十六個頭。周圍的工人好奇地停下來瞅著我們，他們肯定比我還要錯亂。

當天晚上，我就坐上往南京的軟鋪夜車，因為我得再飛回香港，趕搭隔天晚上飛歐洲的班機。爸爸送我去火車站，都快八十歲的人了，還搶著幫我拿行李，也因為這樣，我到現在為止都記得那時的徐州火車站，沒有電扶梯。

上了往南京的夜車，才發現這是我第一次一個人在內地坐火車。我因為不知道南京是不是終點站，一夜都不敢睡，每一站停，我都起來看看到哪兒了。車廂裡有另外一位乘客，看我老是起來，就問我去哪裡。我想起爸爸交待的不能洩漏我的口音，不敢回答。結果火車服務員來查票，那人居然看著我對服務員說：她有點問題，大概是個聾子……

隔離讓我的星球停止轉動，像一塊明礬似的，讓一缸渾水頓時清淨起來。現在想想，十年前香港的那一夜，是爺爺的特意安排，讓我們父女有機會促膝長談。重要的不是目的地，不是那個不再存在的墓園。重要的是我有了永遠抹不去的回憶：我和爸爸的**Road movie**。

我不是為了工作回台灣的，除了在病房忙碌著的家人以簡訊聯絡，沒有外人知道我新辦的手機。

手機響起，我心一沉。天啊，希望不要是壞消息……

「您好，我不是詐騙集團，我是區公所負責追蹤隔離的洪先生……」之後每天早晚兩次固定的簡訊追蹤。洪先生也通知我第三天，有人會親自送一個隔離問候包給我，但是按鈴之後，只要開樓下的大門，不要打開家門。

問候包裡除了點心餅乾方便麵之外，還有一隻溫度計，和四個台北市專用的垃圾袋。連隔離檢疫的垃圾都要另外處理，有專人負責收取。除了拒絕落地檢測之外，台灣追蹤隔離的仔細周到，的確滴水不漏。

終於熬到第五天，我打電話要求核酸檢測。但是因為是星期天，我得等到星期一才能申請。

同一天下午，爸爸肝硬化的腹水終於排出來了。算是脫離了危險期。醫院通知我在這種情況下，不能提早結束隔離探病。

想想那些因為疫情而無法見面的生離死別，覺得自己好幸運。

原來隔離也可以是這樣一種心甘情願的等待。是為記。

孤島之旅

除了「你太太和你媽同時掉進水裡，你要救誰？」以外，另一個總是有人喜歡問的問題是，如果要去一個與世隔絕的孤島，你會帶上什麼東西？

我來自一座島嶼。

浩瀚的太平洋裡，一彎綠油油的芭蕉葉。從南到北不到四百公里，卻藏著一座將近海拔四千公尺的玉山。島嶼雖小，有稜有角。可以婆娑嫵媚，也可以刁鑽難搞。

生在島嶼讓人有一種處於世界邊緣的感覺。再大的麻煩有大海隔著，天塌下來有玉山頂著。所有的事兒傳到島上好像都只剩下餘波蕩漾。島裡當然也有自己的波浪和喧鬧，茶壺裡的風暴，改變不了全球大局和世界命運。美麗的小島，也左右不了自己的命運。

除了新冠病毒。除了氣候暖化。

新冠病毒讓台灣因禍得福。二〇〇三年非典SARS肺炎的經驗，使台灣成了驚弓之鳥，面對新冠病毒格外小心翼翼。除了嚴密的島內防疫措施之外，島嶼的屏障成了得天獨厚的最大優勢。一如紐西蘭，一如冰島。歐美等重災國，在驚豔於台灣緊鄰中國大陸卻抗疫成功的同時，常常忘了強調台灣是一個島。不論如何，新冠病毒讓台灣成了全球疫情肆虐下，二〇二〇年太平洋上驕傲的不沉之島。

七月底為了探望緊急就醫的爸爸回到台灣，經歷了十四天緊張焦慮的隔離。這漫長的十四天，感覺我像是被放逐到了一個孤島，外面的世界隨著爸爸病情危急而正在崩塌，我卻是忙亂成一團的家人裡幫不上忙的閒人。唯一的座標是太長太安靜的白天與無法入眠的黑夜。

隔離，讓每個人都變成一座孤島。

爸爸終於順利熬過來了，我也結束隔離回到熱鬧紛擾的紅塵。

慢慢復原中的爸爸說，病痛也只能自己承受，妳傻傻的跑回來被關十四天，何苦呢？

我懂爸爸。面對生老病死，每個人何嘗不是一座孤島？

台灣也許是一個全球化邊緣的島嶼，卻是氣候暖化首當其衝的島嶼。一如所有的島嶼。

也許是我因為來自一個島，我當然感受到氣候暖化之下，北極冰海和永凍層極速融化的災難，但是我最著急焦慮的還是海洋的污染。疫情兩個多月的封城，讓全球許多大城市裡的人們重新體驗了藍天白雲，和新鮮的空氣。那海洋呢？消失了幾個月的觀光客，並沒有讓海洋變得清澈，因為比起眼睛看得到，還能撿拾的廢棄垃圾，更多更小是眼睛根本看不見的「微塑料」，也就是長度在五毫米以下的塑料微粒，早已經無所不在地滿佈五大洋，就連離南極洲附近的遠洋魚群，體內都有比塑料微粒更為細小的「塑料微纖維」。

只要想像一下，那些大家喜歡去拍浪漫結婚照訂婚照情人照的勝地，什麼馬爾地夫、夏威夷、巴厘島、海南三亞……，背景裡蔚藍的海水事實上充滿了塑料微粒，不再是清澈見底的海洋，而是令魚類窒息的一鍋塑料湯，你還按得下快門嗎？

什麼婆娑之洋，美麗之島?!台灣不就是太平洋塑料濃湯裡的一片爛葉子。

我每次這樣想，實在是沒法再用一次性的塑膠製品。其實坦白說，塑膠製品不是問題，「一次性使用」才是罪魁禍首。

因此，當我要再回上海，知道自己要再度隔離，又一次的孤島經驗。我問了問自己那個老掉牙的問題：要去一個與世隔絕的孤島，你會帶上什麼東西？

肯定不許有任何一次性的塑膠用品。我要去一個乾淨的孤島，離開時也不想留下任何海洋沒法消化的塑料垃圾。我給自己的挑戰是，製造最少最少的垃圾。

因此，在遍地美食一支手機隨叫隨到的上海，我決定隔離期間不叫任、何、外、賣。

出發前，我為自己準備了免洗餐具。和一些備糧：茶葉、咖啡、各類可以沖泡的穀類、幾個魚罐頭。為了補充青菜，我帶了脫水的高麗菜和海帶芽、一小罐鹽、一小瓶橄欖油、小魚乾、朋友送的蔓越莓等等。平常我是不太用一次性茶包咖啡包的，也不太吃罐頭食品，而且這些乾糧也逃不掉塑料袋包裝啊！但是兩害取其輕，我只能安慰自己，可以回收的金屬罐頭總比塑料好些。水果嘛，就當孤島上只能仰頭看，卻吃不到的椰子吧。

還有一塊肥皂和個人梳洗用品，我不想用酒店一次性包裝的牙刷牙膏。

台北飛上海只需要不到兩小時。但是在機場經過層層嚴謹的盤查和核酸篩檢，漂浮等待了將近七個小時，我才落腳在我未來幾天的小島：黃浦區的全季酒店。

房間很簡單，倒也乾淨。雖然有好幾支一次性牙刷、小牙膏、棉籤、浴帽，紙杯，透明垃圾袋等，但是只有兩大瓶的沐浴露和洗髮露，和一瓶液體肥皂，算是相當環保。令我竊喜的是，全季酒店居然提供了以竹纖維回收的生活用紙，而不是一般砍樹造紙的紙漿。突然覺得吾道不孤。

唯一的塑料製品，是房間裡已經備好的二十四瓶五百 ml 的礦泉水，和酒店每天提供的早餐包裝，三個小饅頭，一小盒清粥：一大一小的塑膠袋，一個塑膠盒，一雙免洗竹筷。這讓我每天都很糾結。我於是想像自己是個孤島拾荒人，在這個小島的沙灘上撿拾它們，收好，不讓它們再離島飄流四方。

第三天，小島上高不可攀的椰子樹，居然掉下了火龍果和蘋果橘子！出差回來的老公給我補貨加油來了……

家人平安，父母無恙，夫復何求？

也許每個人都是一座孤島，但是我們看得見其他鄰近島嶼的風景，心儀於我們飄向彼此的溫暖熟悉。最美的風景不是名山勝水，而是記憶裡曾經遺忘模糊的風景，重新見山是山見水是水般的清楚明白。

如果不是強迫，應該沒有人會選擇隔離吧。但是我不會忘記亂哄哄的二〇二〇年，夏天裡這場自己與自己面對面，安靜悠長的孤島之旅。

五月的告白

不知道從什麼時候開始，五二〇成了一個告白的日子。

五二〇過去了。該告白的、該領證的、該送花的、該撒糖的、該搶電影檔期的……應該都完成任務了。

而被告白的，無論是完全被驚喜的，還是心中早有期待的，應該也都刷完朋友圈了。

我也努力想要完成一項告白的任務，我沒有特別選擇五二〇，而是整個五月。

但是我沒法確定對方是不是收到了。

我的告白對象，沒有朋友圈。

要怎麼對一個耳朵幾乎聽不見的人告白？

要如何對一個正在喪失記憶的人告白？

一個是我已經喪失聽力的父親。

一個是我逐漸失智的母親。

我與他們之間，除了上海與台灣的飛行距離之外，除了十四天必須的隔離之外，還有連聲音語言都難以跨越的距離。

爸爸的聽力喪失，已經嚴重到即使戴上昂貴精密的助聽器，也沒法講電話了。他不理解我為什麼要跑回台灣？有什麼要緊的事嗎？

媽媽還能聽見，但是已經不能理解為什麼我人已經到了台灣，卻還不來看她？她只能不斷重複同樣的問題：「妳在哪裡？」

兩個人的問題都讓我心碎。

我想對爸爸說：「回台灣，是因為想你。」九十高齡的他，去年夏天才從加護病房搶救出來，逃過一劫，轉眼已經過了半年。但是這麼簡單的答案，他卻聽不見了。

我回答媽媽，我們很快就要見面了。還剩十天。還剩七天，還剩四天……但是對於一個已經不知道今天的日期是什麼的媽媽，每一個明天，都只會讓昨天更遙遠。讓過去更模糊。

隔離終於結束了。我終於可以站在他們面前，他們看得到，摸得到。長途距離，或是隔離期間，電話裡沒法說的，說不清的，見了面，一樣沒法說，也說不清。只能抱抱他們，拉拉他們的手，在擁抱時感受他們越來越瘦弱萎縮的身體，和我們之間越來越安靜的重逢。

他們的日子，是遠比十四天的隔離還要可怕的孤獨。爸爸被鎖在自己震耳欲聾的沉默大牢裡。這個他聽不見的世界也似乎褪了顏色，沒了味道。他像一個被世界遺忘的老人，一個人站在紅塵囂囂的邊緣，睜著眼睛看著這片陸地，慢慢地從地平線消失，任憑他一個人被無聲無息的大海吞噬。

媽媽記得我不在台灣，可是記不得我從哪裡來，上海？比利時？我一個人嗎？孩子呢？我的回答，像是一個寫了一張小字條的空瓶子，在她的記憶大海裡漂浮，她撿起瓶子，讀讀紙條，點點頭，然後再扔回海裡。抬起頭，對著我微笑。

然後忽然又想起什麼，再問一次：我從哪裡來，上海？比利時？我一個人嗎？孩子呢？

她一次又一次的點頭微笑。我一次又一次的回答。忍著慢慢湧上來的淚水。

她搞不清今天是哪年哪月，搞不清我從哪冒出來的，也不知道我為什麼回台灣，但是她清清楚楚記得我最愛吃的水果，台灣芭樂。每次去弟弟家看她，無論是什麼時間，她都記得要切一個芭樂給我吃。

我吃，我當然吃，幾個我都吃。芭樂的確是我愛吃的水果，但是更重要的是，媽媽記得芭樂。我努力吃，繼續吃，每次去看她都吃，讓她看我把一盤芭樂全吃光。然後她總會滿意地微笑，說：「妳就是喜歡吃芭樂」。

是的，媽媽。感謝老天爺，妳竟然還記得。

沒有了對話，我和父母的相處成了一部默片。默默的陪伴。

媽媽醒著的時候，我就把電腦放在她常坐的餐座上，在她身旁工作。往往是一整天，一連兩三天。小時候，她也是這樣陪我讀書的。我問她記不記得，她微笑。她雖然聽得見，卻失去了記憶。

也陪爸爸吃飯。從小到大，他都是一個能聊健談的人，現在，他卻是一個默默吃飯，不發一言的老人。我們就這樣安靜地吃著，為彼此夾菜是我們唯一的互動。他偶爾會說些什麼，但是因為聽不到我的回應，往往筷子停在空中，一秒兩秒，然後就打住，不再往下說了。甚至聽不見一聲嘆息。

我陪他回醫院檢查，習慣一個人獨來獨往的爸爸，執意不讓我扶他：「妳不在，我怎麼辦？」他的堅持裡是他的尊嚴，是他頑強的生命力。我只能乖乖地，安靜地走在他旁邊。

我試著去拉他的手，他沒有拒絕。

我們就這樣牽著手，走著。就像他小時候，曾經牽著我的手，牙牙學步一樣。

就這樣，他勉強收容了我，陪他在醫院進行了一個簡單的微創手術。三天三夜的時間裡，我們的對話不超過三十句。他大部分的時候都是躺著，偶爾看看不需要聲音的電視，或者由我守著，讓他可以偷偷在窗口抽根菸。動了手術的爸爸更弱了，我們的病房餐桌，也就更沉默了。

滿滿的沉默。好奢侈的安靜。這一次手術，沒有加護病房病危的緊張與恐懼，反倒像是一個老天爺的禮物——雖然明明是住院動手術，我知道這樣說很奇怪——讓我有機會和爸爸單獨相處了三天。

手術完了，他說：「回去吧！妳有妳的日子要過，總不能在這裡守著我。」

五月八日是母親節。要怎麼替每個昨天，甚至每個今天都可能被遺忘的媽媽，過母親節？

我沒有選擇大餐，也沒有買鮮花，我選擇了最簡單原始的告白。就像小時候畫的母親節卡片一樣，我去文具行買了彩色紙，剪剪貼貼，做了一張整棟樓都看得到的大卡片。

然後媽媽下樓來，站在台北初夏的陽光裡，微笑。

這一次我沒有掉眼淚，我也微笑，努力記得媽媽在太陽下微笑的樣子。

今天的上海是個雨天。從我隔離酒店望出去，晴天裡窗外鮮明碧綠的蘇州河畔，熱鬧熙攘的上海車站，都在陰雨裡安靜下來，成了一幅灰色的水墨。

隔離，反而讓我感覺離父母更近一些。理解他們與世界難以跨越的距離。他們不可抗拒的孤獨。

是我在抗拒這個不可逆轉的劇終。是我捨不得這個雨天里特別鮮明的默片。

我五月的告白。

第四個十四天

這是我半年以來的第四次隔離。第四個十四天。

屈指算算一共是八個星期，五十六天。加起來都有一整個暑假了。

有一半是在台灣隔離的，居家隔離。另一半是在上海，酒店隔離。

有朋友問我，有什麼差別？

居家沒得選，就是自己家，不是房地產樣品屋。上海的酒店也沒得選，入境下了飛機，載你去哪裡就是哪裡……有一種投胎的感覺。

家裡地方大一點，有幾個房間，但是說穿了也只有一條動線：客廳—餐桌—臥房—浴室。酒店嘛，其實就是一張床，一張書桌和一間浴室：短的不能再短的動線。

但是最重要的一條線，還不是動線。是隔離期間的生命線——網路 WiFi，居家和酒店都一樣。

坦白說，居家隔離和酒店隔離最大的差別，不是空間。因為任憑你是一個房間還是三個房間，被關起來的感覺是一樣的。

家裡必須自己打掃，不過也沒人檢查。酒店嘛，沒人替你打掃。所以說穿了，差別也不大。

真正的差別，相信我，是垃圾。

居家隔離的垃圾要自己處理。酒店隔離的垃圾有人處理。隔離期間，你不確定自己身上有沒有病毒（這不就是隔離的意義所在嗎？）但是你一定會有垃圾。

人生總有某些時候你會懷疑自己的存在，所以才會剁手狂購，報復性大吃大喝，換個連親生父母都認不出來的髮型，搞幾張修得特狠的美照發朋友圈，或是乾脆離家出走鬧失蹤……不都是存在感作祟嗎？

不必那麼麻煩，試試隔離吧。

光是看著和你共處一室，每天都在默默穩定成長的垃圾，保證你不會懷疑自己的存在。意識到自己是一個垃圾製造機，絕對可以讓你的存在感爆棚。

在台北的居家隔離，小區里長會送來一個關懷包：裡面有些口罩、溫度計和餅乾泡麵什麼的。但是最重要的，是那四個二十五公升的藍色垃圾袋。也就是說我被認為有在十四天內，生產出一百公升垃圾的潛力。

但是也有特殊待遇：垃圾不必分類。但是這對我而言，就有點兒像……明明是吃素的，現在被迫必須吃葷。痛苦萬分。

既然是隔離，當然不能出門倒垃圾。明文規定「不准交由家人、朋友或他人送一般垃圾車收運」，如有需要，可以向每天電話確認體溫的監管人員提出需求，「然後由環保局派員到家收運」。當然，最簡單的還是「放在家中暫時貯存，等解除隔離後再以一般垃圾方式排出」。

這樣也不用考驗你和家人朋友的感情：動員親朋好友張羅補給物資不難，開口請他們為你倒垃圾……還是珍惜親情友情吧。

因此，你必須與自己的垃圾和平相處十四天。於是只能反求諸己：垃圾產量越小，相處就越容易。

居家隔離有冰箱，有廚房，重點是還有度日如年的時間。所以補給的食材可以是生鮮蔬菜水果，不必依賴外賣。任你喜歡做菜還是懶得做菜，看在垃圾的份上，做吧。因此除了牛奶豆漿等可清洗回收的大型瓶罐之外，剩下的只有果皮菜葉，和魚刺肉骨頭——如果你是吃葷的話——之類的「廚餘」。

廚餘產量不大，但是災難性很大。和平相處最難的就是忍受彼此的氣息——所以可以深刻了解為什麼好朋友必須「氣味相投」——垃圾如果沒味道，也就不算垃圾了。

所以只能使出非常手段，先把「氣味相投」的垃圾葷素分開：果皮菜葉、蛋殼肉骨頭、剩菜剩飯等，分開小袋包裝，然後……請你不要嚇一跳：然後我把它們統統放進冰箱。

隨著隔離天數的累積，冰箱裡的新鮮食材逐漸減少，會釋放出可以接收「廚餘」的空間。只要包裝嚴謹，倒也相安無事。一個人吃飽全家都吃飽的概念，也適用於垃圾。一個人的「廚餘」產量是可以容忍的。

除此之外，沒有太多其他的垃圾。結果十四天的垃圾產量，我只用了一個二十五公升的垃圾袋。

投胎酒店的上海版隔離，需要另一套垃圾戰略。

隔離生活團隊提供了二十個45cm×55cm的垃圾袋。足夠一天一袋，綽綽有餘。沒有廚房，沒有冰箱，除了外賣，別無選擇。酒店也提供三餐，菜色豐富，變化繁多，營養方便，準點送餐。當然也有餐餐另叫外賣的選擇。

問題不是菜單。是塑膠製的一次性飯盒。還有裝飯盒的塑膠袋。一天三餐，早餐有粥，晚午有湯，加上兩個大飯盒，我算了一下，十四天下來，會有28個格狀塑膠大飯盒＋42個湯盒＋42個塑膠袋。還不算酒店提供的24瓶五百ml的瓶裝水。

這是一個大災難。

一開始我只訂了晚餐，飯錢在入住的時候就要求預付。

我吃了五天的盒飯晚餐。然後就投降了。我沒法和那些油兮兮的塑料空飯盒一起過夜。

為了擺脫空飯盒，必須浪費一個垃圾袋。把空飯盒裝進垃圾袋，放在房門口。值得嗎？

於是我繳械投降了。我決定取消晚餐。餐飲領導問：怎麼了？

我只能實話實說。不是不好吃，而是那麼多塑料餐盒讓我真的沒了胃口。

我也只能靠外賣了。沒有塑料餐盒的外賣嗎？

怎麼可能？

有一位願意完成這個不可能任務的外賣小哥。前提是他必須絞盡腦汁，提供的物資補給必須是不需要冰箱，沒有太多塑料包裝，可以吃得飽，不需要烹飪調理的食物。

於是我收到了：核桃、松子、堅果、麵包、奶酪、蘋果、檸檬、橘子、巧克力、白水煮蛋……全是我簡單的環保餐具可以應付的。

他應該是全上海，唯一穿西裝的外賣小哥，有時騎車，大多走路，還特別選了大型紙袋給我裝食物。

隔離就要結束了，二十個垃圾袋我只用了三個。

會有人把還沒用過的垃圾袋，當成禮物送人的嗎？
送給我穿西服的外賣小哥，感謝他的照顧，讓這些乾淨的垃圾袋淪為無用之物。

這算不算肉體關係？

任何事情都是有利有弊。即使是最糟的經驗。

譬如封城隔離。

誰會想聽上海二〇二二年四月五月封城的破事兒？上海人自己都嫌棄重複抱怨，大家都忙著解封之後享受當下。如果不是上海人，就是說了，也難以想像。浪費時間，還惹人討厭。

我想分享的是，足以令不是上海人，嫉妒的隔離經驗。

譬如說，隔離期間，被公安人員派專車護送的經驗：不是去方艙，是回家。

話說我三月二十日回到上海，在酒店十四天隔離之後，原來應該在四月三日出關回家的。

正值上海第一次緊急宣布浦東浦西隔離。浦西是四月一日到四月五日。

你覺得卡在四月三日會是什麼下場？沒錯，當然是酒店繼續隔離。

錯了！是換一家酒店，繼續隔離！

共體時艱繼續隔離，我同意。但是換一家酒店，是什麼概念？

把我們一車人拉去另一個酒店，就為了多隔離兩天？很多同批回滬隔離的人，都是要再轉往別的城市的。

領導說：換到一個同樣是在靜安區，兩公里距離的酒店。具體哪個酒店，不知道。

我家也在兩公里之內，我能不能回家？

當然不能！沒有交通工具。封城之後，沒有交通工具，沒有出租車了。

就兩公里，我走回去總行吧？

不行！

我不相信這麼大陣仗把我們拉去另一個酒店，只為了多關兩天。我要回家。

「街道小區不會收妳的。」

這要表揚一下我老公。我有剛出爐的新鮮陰性核酸報告，他去小區斡旋交涉的結果：可以回家。

走回去！即使我有三十公斤的行李。

所以四月三日下午五點，一輛大巴開到酒店門口接我們。其他人陸續上車的時候，我直接提著行李箱走向人行道。工作人員（保安、警衛、醫生……）嚇了一跳，在我身後大喊大叫……

我拖著兩個大箱子，能走多快多遠？他們很快就攔住我，我很平靜地說「請保持兩米距離」，男的保安不敢碰我，一位女領導抓住我的手臂，搶走了我的行李箱……然後一輛公安警車就到了。我被眾人護送上車。車上眾目睽睽，鴉雀無聲，我一上車，大巴就開了。

到了第二家酒店，大巴司機停了車，立馬下車第一個替我搬行李，把我送進酒店大堂，深怕我又跑了。

我是第一個辦理入住手續的。我跟櫃檯說，我不付錢。因為不是我要來的。

應該由上海當局替我付錢。

服務員愣住了。不知道該怎麼辦，叫我在旁邊晾著，他先辦理其他人。我邊等邊觀察，看四周工作人員沒有穿白色大褂，也沒有警察或保安。我就拉著行李箱，趁其他人忙的時候，又偷跑了！

這一次，沒有人在我身後大吼大叫！但是每個路口都有警察，我每次都被攔下，不過我有文件，我的陰性測試報告，我的證件和我的地址（只有二公里左右），我每次都能夠說服警察讓我繼續往下走，幾乎走過三個十字路口，他們甚至打電話通知下一個路口的同志，預報我的情況。

然後就被酒店經理追上了，他在完成所有人的登記之後，才發現到少了一頭羊，跑了！

他氣喘吁吁地跟警察說我不能離開酒店，他會有麻煩。

結果是他拉著我的行李，護送我回酒店。但在回程的路上，我和顏悅色的說，我絕對不會付錢。怎麼樣都不付錢。你們看著辦吧。我不想給他添麻煩，但這是原則問題：我、不、付、錢。

年輕的酒店經理不得不打電話到處問，該怎麼辦？後來是他苦苦要求管區，讓我回家。但是我不能在街上走，因為沒人能在街上走。

結局是：他們用管區公安的車來載我回家。

臨走前，我把隨身帶著的心經，送給了那位好心幫忙我回家的酒店經理董先生。

我等了將近四個小時，由管區派出的車輛和兩位大白保鏢護送，晚上十一點左右終於回到家了！

半年沒見的老公，他沒有捧著鮮花相迎。他戴著口罩，手中拿著快篩，身旁是兩位大樓管理領導。我們四個人緊張的等待快篩試劑的結果。我想起當年的驗孕棒：只是多了身旁兩位毫不相干的觀眾。

二〇二二年四月三日的這一刻，還沒有人知道接下來發生的事。我在回上海之前，更不能想像，兩週的入境隔離之後，是整整近兩個半月無縫接軌的隔離。那天晚上的兩公里，空無一人的街道，是我對上海最後的夜景記憶。

家裡沒有屯糧。誰家裡有？

但是起碼我們是兩個人。

我不喜歡吃飯，尤其討厭塑膠飯盒。吃了兩週的隔離餐，回家後分工：他負責吃主食正餐，我負責吃家裡他買了等我回家的零食。相安無事。

家裡有一顆梨，我們不敢分，放到爛掉。還剩下一顆蘋果，又捨不得分，要讓給對方。六小罐被我硬塞進行李箱，從隔離酒店千辛萬苦拉回家的牛奶。我不喝牛奶，他喜歡喝。

他問我：後不後悔回上海？

他知道我是多麼討厭被管的人。冒險堅持回家，就是證明。

不後悔。一點也不。

患難與共。

就像我從來不覺得自己是上海人。但是經過這兩個多月的隔離，我也不再是上海的過客了。我是和上海一起痛過的一份子。

沒有經過隔離封城，就不知道自由有多甜美。

就不知道浦西梧桐樹，除了美麗，還藏了那麼多嘰嘰喳喳，叫不停的鳥。

沒有了車水馬龍的吵雜，它們成了我五月初微解封時，出門時對上海的第一印象。

清脆動人。熱鬧活潑。春天！春天！

還有所有街道空無一人的奇景。

面對名山勝水時，我總是，無語嘆息。

沒想到面對上海難以想像的空城奇景，我的身體有一股強烈的、熱切的慾望。

不知道這算什麼反應：我無法抗拒的、難以克制的、滿懷衝動的，想要到處躺平。

這算不算是我與上海發生的，肉體關係？

而且證人是我的老公。

是他拍了所有我躺在上海懷抱裡的，不雅照片。

全是他偷拍的。在公安和交警眉頭皺起來，朝我走來之前，我們已經辦完事，逃之夭夭了。

攝影師也不是普通人，他說：這是行為藝術。

不是隔離，我就沒有機會享受，一個人躺在上海外灘的大馬路上，是什麼感覺。

兩千五百萬上海人。我是唯一，放肆的，躺在上海懷裡的那一個。

五月的上海，微熱而不滾燙，溫柔而大方，沒有抱怨地，擁我入懷。

我的孤狼爸爸

誰說兩點之間最短的距離，是直線？

誰說人與人之間最遙遠的距離，是公里？

二〇二二年春天，我是上海千千萬萬個小魚缸裡的一條魚。我們在各自的小魚缸裡冒著泡泡，等著被篩檢，等著被餵食。我們貼著魚缸玻璃，或是貼著手機，想像那條海納百川有容乃大的黃浦江，是否別來無恙？

分散在各地的朋友，包括那些相忘於江湖多年的朋友，都忽然想起了我在上海。一切都好嗎？有吃的嗎？

你養過金魚嗎？你問過魚缸裡的金魚，日子過得好嗎？你替金魚佈置了乾淨的，沒有病毒的水，定時餵食，還三不五時的量水溫，魚兒有啥好抱怨的？魚缸外的世界，又是戰爭，又是持槍亂射的瘋狂，又是通膨，又是天災。魚缸既安全又幸福。不是嗎？

我也吐個泡泡，回應五湖四海的親朋好友，一個安靜的泡泡。張嘴是為了吃飯和核酸。魚是不說話的。

我唯一牽掛的，是另外一條，不在上海魚缸裡，已經遊不動了的老魚。

我遠在台灣的爸爸，被困在癌末敗壞的身軀裡，孤獨的面對自己生命的終點。誰不是孤獨的面對自己生命的終點呢？但是有些人的最後一段路熱鬧些，也許有老伴兒牽著手的熟悉，也許有兒女輪流照顧的接力，偶爾有點兒孫們在病床前的熙攘吵雜。即使改變不了終點進程，但是起碼他們是賽場上，陪到最後的啦啦隊。

封鎖在多年來什麼都聽不見的沉寂裡，爸爸早就已經孤獨很久了。遠在他病倒之前，跟他溝通就已經非常困難。即使帶了最先進的助聽器，還得比手畫腳。任何一件事，都是令人筋疲力盡的吼叫，往往最後只能是破碎的一句話，或者，只剩下一聲嘆息。

沒有了交談對話，沒有了語言分享，不善於肢體表達的中國父母與兒女之間，還剩下什麼？

我們不會親吻問安，我們從不擁抱告別，我想不起來被爸爸抱的感覺，也沒有和他勾肩搭背的記憶。

我甚至記不得任何一句，這輩子，爸爸稱讚過我的話，或是對我表示疼愛的字眼。

從小就是他訓話，我乖乖聽著。任何回話，都被視為頂嘴，配上一句：妳以為妳唸了幾天書，就多了不起？

這輩子他對我最常說的一句話，就是：妳就像妳媽。

一直要到七十歲的媽媽堅持離婚，我才知道這句話不是稱讚。

爸爸是一隻孤狼。從小就沒了娘，顛沛流離的戰亂時代，他像許多人一樣，隻身來到台灣，才十六七歲，要活下去只能進軍隊，還是虛報了兩歲才夠資格。穿上海軍水兵服，帥的像電影明星一樣，把台灣姑娘迷的一愣一愣的。明明連小學都沒畢業，居然有本事惡補一個月的英語，考上了海峰隊培訓班，和大學畢業的軍官一起去美國受訓。

生了我，一個月薪水買個娃娃車就沒了，他覺得當兵養不了小孩，就退役下來自己闖。從開公車、開計程車、開貨車、開大卡車、開油槽車、開貨運公司。他一句台灣話不會說，卻有膽量，有本事跑到沒有人講國語的宜蘭，去開瓦斯分裝廠。

他雖然口頭上總說，唸書有什麼了不起，但他從來沒有不支持我們求學。會唸書的確沒什麼了不起，如果他有機會，絕對是個學霸。

他沒有休過假，他的生活，除了工作，沒有別的。都九十歲的人了，還不肯離開工廠，一直要到倒下了，直接從工廠辦公室被送進了醫院病房。

然後從醫院的病床上，被送進一間新的牢房：一個再也不聽他使喚的身體。他不再發號施令了。工廠沒有他照樣可以運作。也沒有力氣訓話了。牢房裡空蕩蕩的只剩下他，和他自己。

還有我。

怎麼和一個聽不見電話鈴響，不會用手機視訊的人的聯絡？在工廠，在醫院，起碼周圍有人，有了解他狀況的管道。回到家，只剩下他一個人，他就像是從地表消失了。

他拒絕看護，拒絕被照顧，捍衛他自己僅存的一點驕傲，和尊嚴。

我除了回來，站在他面前，沒有別的辦法可以知道他的狀況。

六月中的上海已經解封了，但是還在被全國其他城市封鎖的狀況。上海人到處都被視為必須14＋7，就地隔離的洪水猛獸。全中國只剩下唯一一班，從廈門飛台北的飛機。但是更困難的是怎麼從上海去廈門搭機。上海到廈門有高鐵，但是高鐵站出來，只有一條直接被帶上大巴車，去酒店隔離的動線。滴水不漏。

我不進廈門市呢？直接去機場呢？

「不可能！除非直接從上海機場，到廈門機場，閉環管理。」這是廈門防疫中心的回答。

問題是上海根、本、沒、有、飛機飛廈門。

但是有航班飛成都。

所以為了回台北，六月十八日上午，我搭上一班飛往成都的飛機，沒有行李，不必出關。三個小時的飛行之後，我一個人在成都天府機場的海關角落，等了四小時，拿到登機牌，在被帶往停機坪旁的候機室，又等了三個小時。然後在晚上十一點左右，直接被帶往機艙口，上了飛廈門的飛機。謝天謝地。

感謝上海兩個月的隔離訓練，沒東西吃根本不是問題。

到了廈門。我直接被留在飛機旁邊的停機坪上。我還暗自慶幸，果然是閉環啊，連安檢都不讓進。不過已經半夜一點多了，肯定都下班了。

來了一輛車，兩位大白來接我。我累的只報了姓名，啥也沒問，就上車了。其實問了也沒用，所有的人只負責自己的那一截任務，其他一問三不知，問了也是白問。

黑漆漆的夜裡，我只是覺得廈門的高崎機場好大啊，開了那麼久還沒到？累的瞇了幾分鐘，再睜開眼睛，發現根本就不在機場裡了，外面看起來像是市區的街道，我瞬間嚇醒了，我不要去酒店！

「妳不能留在機場過夜。」

為什麼？

「妳萬一跑了怎麼辦？」

我從上海這麼辛苦的飛成都，再飛廈門，就是為了要在廈門機場等明天早上八點回台北的飛機啊！

說好不出機場的閉環管理呢？

「反正妳必須去酒店。」

誰會相信他們這麼大功夫，夜裡兩點把我拉到酒店，會在幾個小時之後，再送我回機場？

能不崩潰嗎？我哭著說你們看我的登機牌我從上海飛成都再飛廈門就是為了趕回台北看我病危的爸爸我能逃到哪裡去我那裡都不去我要回台灣我不能在廈門隔離十四天……

「我們只負責把妳送到酒店。」

也許在候機室，我還能安心睡上一兩個小時。廈門這一夜，我不敢睡，我只能一直打電話給前台，求求你們，一定要讓我回機場，我有機票，也不能錯過四十八小時核酸有效期限，我爸爸病危，我不能等十四天……

「我們查查。」

在等待宣判的恐慌裡，我背誦心經，試圖保持平靜。那張看起來很舒適的大床上，丟著我唯一的背包和不敢打開的隨身行李，深怕一打開，就是收不回去的十四天隔離。

「車子五點半來接妳去機場。」

謝謝這位我沒有見過的前台夜班女服務員。

兩點之間最短的距離，不是直線，是曲線。上海到台北原來只有一個半小時的航程，我花了整整二十四小時。

人與人之間最遙遠的距離，不是公里，是隔離。

當我終於結束了台北的隔離，出現在他面前，爸爸當然有些驚訝：「妳回來幹什麼？」

要怎麼回答？

爸爸，這麼曲折辛苦，是因為擔心你。是因為想念你。是因為知道，這也許是我有機會陪你的，最後一段路。

但是我什麼也說不出來，說了他也聽不見。他比上次見面瘦了至少十幾公斤，左腳已經不聽使喚了，我的突然出現，只能更強化他面對，自己身體衰竭的殘忍事實。

「妳看到了，我現在就是坐吃等死。」

他沒有力氣多說什麼。他還是菸不離手，一根接一根。他看我盯著他滿是菸蒂的菸灰缸：「我抽菸，表示我還有一口氣。」

菸味蓋過了所有其他的味道。

衰老的爸爸是一部默片電影。沒有音樂，沒有罐頭笑聲，也沒有觀眾。

唯一的字幕，是我寫在本子上，或是打在電腦上放大成五十號的簡單句子。

他千篇一律的回答都是：「妳不要管我。」

不要管我。不要扶我。不要幫我。他顫顫巍巍地，以他一貫的驕傲和霸道，推開我的攙扶，拒絕我的幫助。

絕對是一個人間罕見的，全身都帶刺的，憤老。憤怒自己不聽使喚的雙腿，憤怒自己要接受攙扶的羞辱，憤怒自己喪失的尊嚴。

而我是他唯一可以發洩憤怒的對象。

我也用了一輩子的時間，學會不再回答，不再辯解了。還有力氣可以訓我，是他身體狀況的重要指標。

都說女兒是父親上輩子的情人。這絕對是真的。可惜那個女兒不是我，是我妹妹。一個沒有能力照顧他的女兒。

不是養兒防老嗎？爸爸已經好幾年不和弟弟說話了。

只剩下我。

我是這個與世隔絕的小魚缸裡，除了他之外的另一條魚。圍繞著他游啊游，小心翼翼的靠近。

除了小時候零碎的記憶，我們父女，其實是兩個幾十年沒有生活在一起的陌生人。我不懷疑他對我的愛，但是只要他醒著，我就緊張害怕地隨時等著被罵——「剉咧等」：他站著，我不敢坐著，他坐著，我不知道能不能靠近陪他，他抽菸，我抽二手菸。萬一他喊我，那絕對是有力氣訓話了。

等他睡下了，我才能稍稍放鬆。才能清醒地意識到這一切的荒謬：我那麼困難的回來，就是為了守著這個只有他躺下了，我才能平靜地同情他守護他的，我的爸爸。

不緊張了，才能理解他一定也是一個，從小只能靠自己，一輩子都處在求生模式裡的小孩。沒有被人疼愛過，所以他也不會疼愛人。他渾身的刺只是一個求生的保護機制。他對尊嚴的堅持，正是他受過太多的羞辱。

他不知道什麼是溫柔委婉，什麼是和顏悅色。他像一個情緒裡的文盲，不認得任何表達感覺的字彙。他的人生沒有粉彩，只有鮮明強烈的原色。他和這個世界唯一的交流，就是不滿與憤怒。他的人生沒有和平相處，只有輸贏勝負。

是他讓我受的教育，唸的書，讓我有理解他的能力。

讓我接受，這個無法相處，但是又無法棄置不顧，走向人生終點的爸爸。

讓我理解，回台北不是為了他需要。而是我需要。

好好的，和他告別。

如果還有下輩子，爸爸，我們當朋友吧。

別離

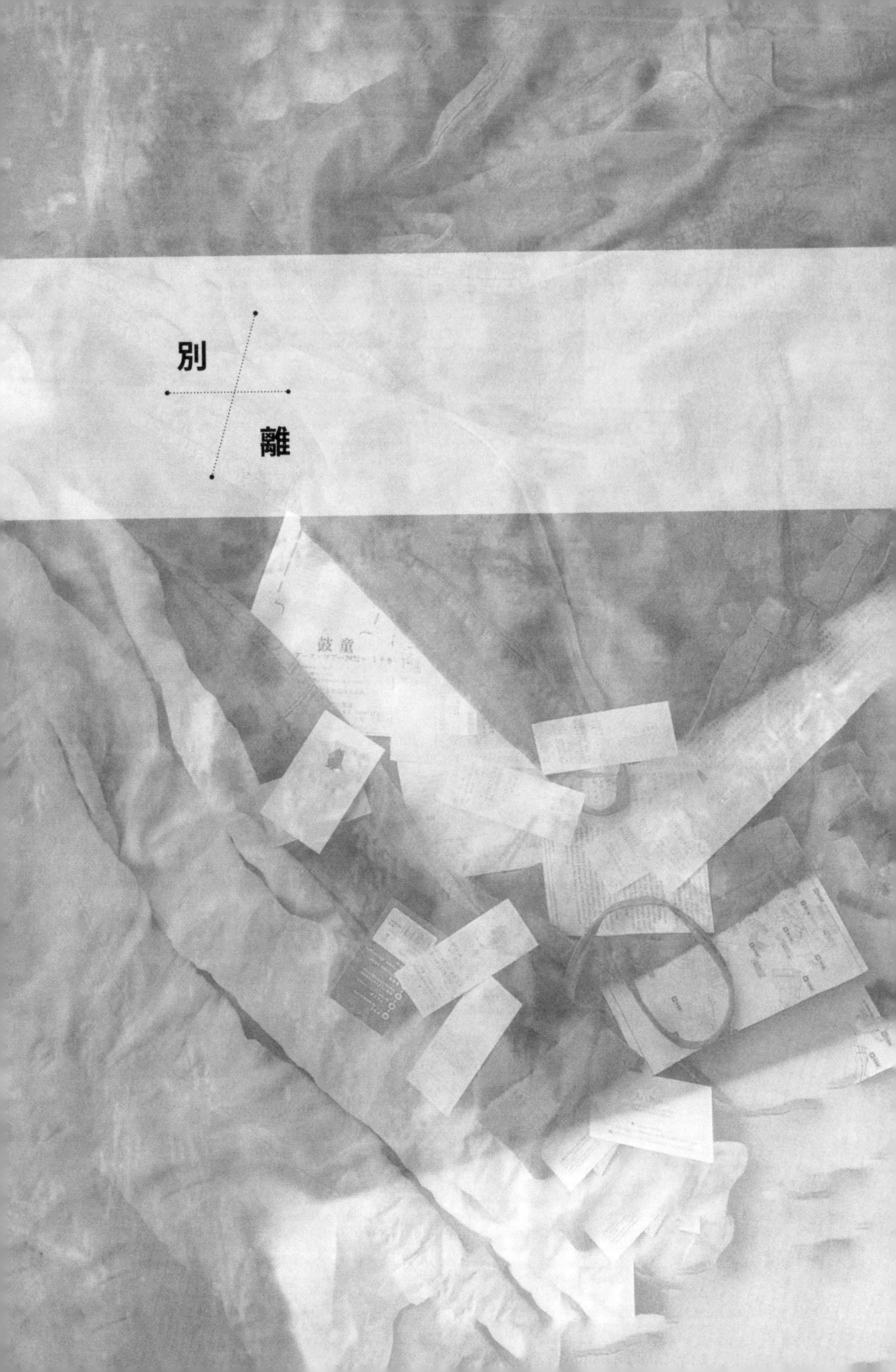

爸爸不見了

我打開門，整間屋子是黑的。

開了燈。我的心涼了半截。手裡提的剛買的熱騰騰的粥，差點沒掉在地上。

爸爸不見了。

在進門處他的一雙外出鞋，和小茶几上的鑰匙，都不見了。

他能去哪裡呢？他連從飯桌走回房間，一共就幾步的距離，都走得顫顫巍巍，必須得扶著牆，摸著櫃子。在自己熟悉的家裡都如此，他能走多遠呢？

我自責下午沒有留在家裏工作。讓他一個人在家。我算好了是他午睡醒來，吃晚飯的時間，去買了他最喜歡吃的海鮮粥，傍晚六點多天才剛黑，還沒吃晚飯的他，哪有力氣走路呢？

我看了看我離開前才清乾淨的菸灰缸裡，他是抽完了八根菸，才走的。

我想起今天上午發生的事情，懊悔不已。

午飯之後，爸爸說：「妳去開車，我要出去一趟。」

「你要去哪裡？」我寫著問他。爸爸完全聽不見了。我們的對話，除了他說我聽之外，就是我寫在電腦上，把字放大了問他。

「光復南路。」

「光復南路哪裡？」我問他是什麼地方，能不能停車？我怕車停的太遠，爸爸下車之後要走太遠的距離，又怕讓他先下車，一個人走路太危險……

原來他想要我送他去搭車，回宜蘭工廠。工廠是他的人生戰場，他是在這個戰場上倒下的老兵，直接從辦公室被送進了急診室。之後，他就沒有再單獨回去過。也沒有再留在廠裡過夜。今年年初去工廠看他時，臨走前他還堅持開車送我去車站。

他早已經不能自己開車了。

爸爸能去哪裡？難道他真的是自己去了車站？

我不肯帶他去車站。我一字一字的寫給他：「現在到處都是確診感染的人，你坐公車，一定會被感染，太危險了。」

他很生氣。一定要去。我立刻聯絡一位載過他好幾次的司機，陳先生最快可以在下午一點之前趕到。

「妳把事情搞得那麼複雜，我就是想自己去！」

我不敢接話，忙著替他張羅午餐。

一小時後陳先生趕到了，把車子消了毒，上樓請爸爸上車。

他不肯：「我不要坐你的車！」

我只好跟滿頭大汗的陳先生道歉，爸爸是衝著我來的，因為我不聽話。我走人，他就沒有面子問題，就會上車了，像前幾次一樣。走之前，我把車錢付了。

我離開還不到十分鐘，陳先生打給我：「妳爸爸不肯上車！」

怎麼會呢？他不是跟你去過好幾次？有沒有告訴他，我已經付錢了？

「有啊！他就是不肯。他說他要午睡。」

好吧。反正錢已經付了，不能讓陳先生白跑一趟。

我沒敢馬上調頭回去。我怕會繼續被爸爸罵。

我看著那八個菸蒂。爸爸難道真的自己去了公車站？怎麼去的？這裡是一個安靜的郊區，計程車不多，大多是叫車進來的。爸爸不會用手機叫車。打電話叫車人家說什麼，他根本聽不見啊。

我急的跑出去轉了一圈。問有沒有人看到一位老先生？又去找管理處，請他們查一下電梯裡的錄像紀錄，想要知道爸爸是幾點下樓的？再打給交通廣播台，請他們廣播給計程車司機網，看有沒有載到一位要去宜蘭的老先生。

然後就是詢問那個他要去的車站，問問有沒有一位老先生買票去宜蘭。

我想到他根本連上公車的台階，都沒法抬起腿，心都碎了。

打電話給工廠。他們沒有爸爸的消息。

只剩下報警了。我回憶他今天穿的衣服。找手機裡他的照片。他留給我的一張字條，和一疊現金，放在菸灰缸旁邊。

字條上是他顫抖歪斜但是可以辨認的字跡：「你生活費夠嗎？今留下五萬」。

需要把這張紙條給警察嗎？他為什麼留生活費給我？這是什麼意思？他不準備回來了？而且他是寫在一疊印出來的信的背面。一整疊在他病倒之前，我每周寫到工廠，請員工幫忙印出來給他的信。

這些信原來他都留著，而且還帶回了台北。

如果爸爸真的不見了，這就是他留給我的最後一句話。

我一個人對著菸灰缸大哭起來。

就等到十點吧。最後一班開往宜蘭的車上，沒有他。

我想到能做的，都做了，只能等著牆上的鐘一針一秒的爬向十點。

我不知道又等了多久。我一個人坐在爸爸家裡。想像平常他清醒的時候，應該就是這樣，等著。等什麼呢？這個不大的公寓，成了他的牢房。他沒有自己走出去的能力。從外面進來的，除了我，沒有別人。我成了他的獄警。我是他和外面的世界，唯一剩下的通道。但是我拒絕了帶他去搭車。

電梯有了動靜。門鎖細碎的聲音。我豎起耳朵，正在判斷是不是對門鄰居。

我主動打開門……

是拿著鑰匙試圖開門的爸爸。

他穿著同樣的衣服。只是多帶了頂帽子。他把隨身的包包斜掛在身上，他以前從來不是斜背的。腳上是那雙我真不知道他自己怎麼彎腰穿上的鞋。

我紅著眼睛：爸爸，你去哪裡了……

他累得沒有力氣說話。我拿下他的帽子，接過他的包，和拐杖。扶他坐下。拉鍊都拉不上了的小包包裡，塞了好幾個便利商店買的麵包。一個都沒有打開。

我泡了茶。趕快去熱已經涼了的海鮮粥。

他點了一根菸。

我們就這樣對坐著。眼前的菸灰缸旁邊，還有那一疊他留下的鈔票。

「不知道夠不夠……」他有氣無力的說。

我沒有拿紙筆寫給他，也沒有打電腦，我只是搖搖頭，為什麼留錢給我？

他聽不見我的問題。聽見了也沒有力氣回答。可能也不想回答，不願意告訴我他去了哪裡。因為那個答案沒有意義，既不是他想去的工廠，也不是我在乎的。

我只在乎他回來了。

我們就這樣對坐著。

我也沒有抱緊他，告訴他我有多高興。開門看到他那一剎那的驚訝，他的疲累，我的問號，他的挫折……

我錯過了一個沒法NG重來的，給爸爸的擁抱。

我們面對面坐著，卻跨不過的距離。他和只有六十公里之遙的工廠，到達不了的距離。他準備了路上需要的乾糧，卻沒有上路。

他和自由的距離。他和人生終點的距離。

他臨走前心裡對我的惦記。說不出，卻顫抖留下的，那一疊鈔票的距離。

莉莉

她叫莉莉。

不，是我們叫她莉莉。

她的名字是**Kristiani**。她說因為大家不會唸，所以就叫她莉莉。

我穿過整座台北市，按著地址去接她，她的雇主帶她下來，我們就在街口聊了會兒。莉莉在車上等著。車子的冷氣壞了，我怕她太熱，開著車窗，她說沒關係。

莉莉來自印尼。她一直照顧的老奶奶過世了，如果沒有找到新的雇主，她七月底就必須離開台灣。

這樣聽起來好像是她在找一份新工作，讓她能夠留下來。坦白說，是我迫切需要一位能夠照顧爸爸的人。而且我絕對不是唯一一個，殷殷尋找能夠照顧家裡高齡父母的人。

事實是，我希望莉莉能夠選擇我。或者應該說：選擇爸爸。

莉莉到台灣工作已經十一年了。除了照顧這位以九十四高齡過世的傅老奶奶，她沒有去過別的家庭。我和莉莉的雇主傅先生素昧平生，是透過一位共同朋友的介紹才認識的。因為傅先生希望能主動為她挑選一個合適的家庭，而不是任由仲介安排她的下一份工作。

我不知道怎麼樣才算是一個合適的家庭？

莉莉要照顧的爸爸，是一個已經沒有行動能力，完全聽不見，有菸癮的九十歲獨居老人。

但是爸爸的個性獨立強悍，覺得自己不需要別人照顧。是我需要。

而我看不出來我們有任何優勢，足以吸引莉莉選擇我們。

莉莉相信的是她的雇主，傅先生，為她做的選擇。傅先生說，莉莉是一位虔誠的穆斯林，不願意替男性洗澡。

那……

好吧。沒關係。如果以後有需要，我會請專任的看護來為爸爸洗澡。

上了車，只剩下我和莉莉。我向她解釋了爸爸的情況。我說爸爸很驕傲，要面子，很難接受自己要二十四小時被人照顧。我也不知道爸爸願意讓她做什麼，但是爸爸起碼沒有拒絕見她。

「老人家都是這樣的，沒關係。」她說。

我問了她的家庭狀況，她在印尼有一個二十二歲的女兒。之前她在汶萊工作了八九年，但是汶萊的工資沒有台灣好，她於是學了中文，爭取到台灣來工作。她離開印尼的時候，女兒只有兩歲大。

我不知道怎麼接話。

因為疫情，我們也有將近兩年沒有回歐洲。的確，做父母的，永遠只有操心的份。但是兩年，相較於二十年，實在不是同一個維度。更何況，我們留在比利時的孩子，早已經不是嗷嗷待哺的娃娃。

更不用說，在疫情之前，孩子們都來過上海玩了一圈。

而莉莉的女兒，只能等媽媽四年一次的返鄉探親。從兩歲等到二十二歲。

我把話題轉往窗外的風景，我們幾乎是穿過整個台北盆地，從城南往城北走。

「妳看，妳以前住在南邊的山下，現在我們要往北邊的山走。就是故宮的方向。」

她不知道故宮。她也沒有去過士林夜市。

她不是觀光客。她只認得住家附近的菜場。

我沒有再多說什麼。搖下的車窗湧進了台北市的吵雜，塞滿了我與莉莉之間的陌生。

到了家，爸爸已經起來了。抽著菸，正讀著我事先給他寫好的，關於請莉莉來照顧他的來龍去脈。

我替莉莉搬了椅子，坐在爸爸面前。莉莉環顧四週，眼光停留在掛在牆上的，一張爸爸年輕的照片。

「這是爺爺年輕時候的照片，妳看他多帥。」

「爺爺現在也很帥。」

可惜爸爸聽不見。我不知道現在老態龍鍾，穿著尿褲見客的爸爸算不算帥，我也不知道莉莉說的，是不是安慰我的場面話。

爸爸開口了：「妳的條件很好。但是我不知道我還能活多久，搞不好一兩個月，也許一兩年，我就掛了，妳一樣會沒有工作。」

我沒敢告訴爸爸老奶奶過世的事，也沒有解釋有多少人在等一個像莉莉這樣的外傭。但是爸爸這麼說，顯然是擔心自己萬一走了，莉莉會沒有工作，被送回印尼。莉莉都聽懂了，也不需要我多說什麼。

「爺爺不要擔心。我不會沒有工作。」

我把莉莉說的話，打在電腦上，放大給爸爸看。

「妳說妳不願意替我洗澡，我現在不需要，只要我自己還能動，我不會要妳幫忙的。」爸爸抽了幾口菸，繼續說：「但是萬一有一天，我需要人家替我洗澡的時候，怎麼辦？」

我沒有向爸爸隱瞞莉莉提出來的要求。但是我也不知道莉莉要怎麼回答。

「是因為我沒有照顧過男生，才這麼說的。」莉莉接著說：「其實戴手套就可以了。」

原來如此。也許她能看得出來，眼前不是一位難伺候的老人，而是一位頭腦清楚，尊重她的老先生。以爸爸的好強獨立的個性，他不會主動直白的要求莉莉留下，但是他提出的問題，顯然是讓莉莉自己決定，要不要選擇他。

爸爸沒有再多說什麼。

「他聽不見。如果妳願意，妳就拉拉他的手，告訴他。」我只能這麼說。

莉莉站起來，靠近爸爸，又蹲下來。握住爸爸滿是皺紋爬滿老人斑的手：「爺爺，我會照顧你的。」

我的眼睛一下子濕了。

看著她握住爸爸的手，這麼簡單的一句話，頓時彷彿是詩經裡那句「執子之手，與子偕老」的承諾。一位片刻之前的陌生人，將要成為伴隨爸爸人生最後一段路的依靠。他們選擇了彼此，即使是一份工作，卻有一份難以形容，無法解釋的，超越一切藩籬的彼此信任。

接著是莉莉自己打給傅先生，打給仲介，說她願意來照顧爸爸。傅先生只有一項要求，要等莉莉參加完傅奶奶的家祭之後，才能正式搬過來。因為莉莉也是他們十一年以來，所依賴的家人。

從此以後，莉莉也是我的家人，姐妹。

三星期之後，小小的公寓因為莉莉的來到，熱鬧了起來。莉莉需要添購的廚房用品，鍋碗瓢盆，我陪她一起都買全了。感覺上像是佈置一個新家，而不是多年來限於習慣，我看不見或沒想到需要添購的東西。莉莉做印尼菜需要用的各式香料，也讓家裡多了一股不一樣的異國風味。我沒有給莉莉什麼指示，照顧老人，她絕對比我專業。

有意思的是，凡是我想替爸爸做的，被他拒絕的事：泡腳、剪指甲、洗頭、洗臉、按摩……換成了莉莉，爸爸大半都願意接受，沒有抗拒。

莉莉填補了我們父女之間，難以跨越的距離。爸爸不願意我成為他的看護的尷尬。我跳不出對他畏懼的畫地自限。有了莉莉，爸爸得以維持他的尊嚴，我也可以放下了動輒得咎的挫折。

沒有了沉重的親情糾結，一切都簡單很多。我覺得困難重重的照顧與陪伴，對莉莉而言，就是一份她駕輕就熟的工作。

相反的，她看到的是一位不肯向生命認輸的老人：只要爸爸自己能做的，他絕不放棄，絕不假手他人。在她眼裡，爸爸的堅持不是難搞，是他頑強的生命力。

我問莉莉，妳會不會覺得爺爺很凶？

「不會啊，他每次都問我吃飽了沒有？」

對爸爸而言，向一位沒有共同過去的人開口，似乎也容易許多。他不必糾結對方怎麼看他：他想看報紙，想吃紅燒魚，想吃燒餅油條，想洗澡……可以直接說出來，不必把僅有的精力，浪費在維護他沒法對女兒開口的驕傲上。

莉莉來了幾天之後，爸爸說，我們出去吃飯吧。

我記不得爸爸有多久沒上館子吃飯了？好啊，我問他想吃什麼？

「吃牛排吧。」

牛排？爸爸喜歡吃魚，肉吃的不多，現在更少。我這輩子唯一一次，和他一起吃牛排的記憶，應該是小時候有一次過生日，他帶我們去吃西餐，為的是教我們用刀叉。我好像點了個 A 餐，只記得好吃的奶油餐包和濃湯，牛排還真沒有留下什麼不可磨滅的印象。

「因為莉莉不吃豬肉。」

啊……

我的孤狼爸爸有一顆柔軟的心，他也心疼一個人飄洋過海，來台灣討生活的莉莉。也許讓他想起了那個當年戰亂中隻身來到這座島上，年輕的少年。

我們一起安靜的吃完這一餐，爸爸的牛排，是整塊打包帶走的。出了餐廳，他想吃麵包，而且想自己去買麵包！

他顯然沒吃飽。

我把車停在麵包店門口，但是有三層台階……這原來是個難以跨越的障礙，但是有了莉莉的協助，三層台階成為可以克服的障礙。走進店裡選他自己想吃的麵包，這麼簡單的夢想，是牛排之後，最動人的甜點。

爸爸買了好多麵包，小小的車裡滿是濃郁的奶油香，我想起十歲生日的那頓西餐。心裡暖暖的。眼睛熱熱的。

我不知道全台灣有多少莉莉。也不知道全世界有多少像她一樣，長年離鄉背井，到其他國家工作賺錢的低階勞動人口，不論是照顧老人病患，建橋鋪路，還是到國際大城市裡洗盤子當清潔工，或是到中東蓋世界杯的足球場，他們或者是合法入境，或者是躲在冰櫃裡的非法偷渡……他們是全球化勞工產業鏈裡不可或缺，替我們之間許多人照顧高齡父母，卻沒有臉孔也沒有名字的移工。

送別

他沒有聽見我進門的聲音。

他光著上身，坐在客廳沙發前的一張輪椅上面，眼睛一動不動地看著沒有聲音的電視。螢幕上正在播報軒嵐諾颱風持續逼近北台灣，逐漸轉為強颱的新聞。

我走進他的視線。他沒有吃驚的表情。我看著他身上好幾塊，比手掌還要大，因為做了人工血管手術而留下的，駭人的深黑色瘀血，還有兩隻胳臂上因為插不進針管而遍佈的烏青……我的眼淚撲簌簌的掉下來。

我把他擁進懷裡，我不敢太用力，怕碰著他身上的瘀血，只能把他的頭放在我的胸口，摸著他的頭髮。我的眼淚就滴在他的白髮上，他沒有抗拒，沒有把我推開，也沒有像平常看見我哭就一定會嫌棄說的：「有什麼好哭的！沒出息！」……

我摸著他的頭髮，啜泣著說：「爸爸，對不起，我回來晚了，讓你受苦了！」他聽不到，但是什麼也沒說。

他就這樣任我抱著。

好久好久。

久到站在一旁的莉莉去把電視關掉。我回頭看莉莉，她在擦濕了的眼睛。

「他在醫院一直問妳什麼時候回來。」

我剛剛結束回國之後的三天隔離。他身上大塊的瘀血，莉莉早就發影片給我看過。但是親眼所見，還是讓我極為震撼。我可以理解為什麼莉莉說，爸爸出院回家之後，不肯穿衣服，每天對著鏡子發脾氣：「為什麼我會變成這樣？」

我放開爸爸，彎下身看那些大塊大塊的瘀血。它們像是幾滴潑灑在宣紙上的墨汁，厚重飽滿地在紙面醞散開來，墨汁乾了，就在皮膚上定格成了大塊大塊的刺青。

我把剛剛去理療師那裡拿來的藥酒，用棉花棒擦在他的瘀血上。即使我買的是最大號的棉花棒，感覺上卻像是用一隻腮紅刷，油漆一面牆似的不成比例。

他的肝硬化已經惡化到，沒法再合成具有抗凝血功能的醣蛋白。這些瘀血像是他皮膚表面的戰敗淪陷區，猙獰的版圖在安靜地擴大，已經蓋住了他的心肺胸腔，我的棉花棒，無助的像是在淪陷區裡揮舞的一面小白旗。

爸爸沒有出聲。什麼也沒說。莉莉也來幫忙，我們就這樣舉著兩隻小白旗，在他身上來回的忙碌擦拭，被藥酒擦過的地方有些濕潤的痕跡，但是一下就不見了。唯一留下的是屋裡一股淡淡的麝香，不同於爸爸家裡平常的菸味。

我才發現從我進門到現在，他一直沒有抽菸。那一縷煙，彷彿是他內在沉思的外在符號，是他說話時抑揚頓挫的音階曲線。他不說話，手上沒有菸，即使醒著，感覺上也像是一個關機了的爸爸。

我蹲下來用白紙給他寫訊息：他的醫生孫女明天就到，女婿四天之後就到。他們分別各自隔離三天，做完抗原就能來看他。還有台南的乾女兒靜兒，中秋節前也會來。

他點點頭。什麼也沒說。

莉莉拿了一件衣服過來：「阿公，女兒已經看到了，把衣服穿上吧。」

他順從地讓我和莉莉，一起幫他把衣服穿上。然後慢慢試著站起來，我們一人一邊的扶著他，他慢慢，慢慢地走到床邊，就這樣扶著床沿的欄杆站著。他想轉身，卻沒法放開緊抓著欄杆的手，兩隻腳就這樣顫顫巍巍地原地踩著，像是被困在一方正在變乾變硬的水泥泥漿裡，試圖要逃，卻逃不了。

我不知道過了多久，我心疼他的努力，怕他太累，消耗太多體力，問莉莉該怎麼辦？

「我抱他啊。」

我想他也許不願意我看到莉莉抱他轉身上床的狼狽……

莉莉說：「他想自己走給妳看。」

八月中因為腹水住院治療的爸爸，抽出了腹水，但是整整兩個星期的醫院臥床，卻讓他喪失了最後的行動能力。

我先走吧。這樣爸爸可以放鬆，讓莉莉抱他上床睡覺。

這是我最後一次看到爸爸站著。

第二天，九月二日，我像平常一樣，一大早就去給他買早點，熱燒餅，熱豆漿。他還沒醒。我也沒有久等，得趕著去給因為弟弟全家確診之後，到防疫旅館隔離而被單獨留在家裡的媽媽，和照顧媽媽的莎莎送早餐。莎莎還需要尿墊，快篩劑，水果……然後是莉莉需要更多的棉花棒，爸爸臥床改用的尿布而不是尿褲……外面風雨交加，莉莉也無法出門，我就這樣在颱風天裡，跑來跑去，張羅爸爸媽媽兩邊需要的東西。

當我在風雨裡馬不停蹄的來來去去，每天好幾次去看爸爸的時候，他一直都在休息，在睡覺。我總是錯過他短暫的，醒來的時刻。

莉莉說爸爸想吃紅燒魚。我就去買了紅燒魚。還有他喜歡的花素蒸餃。我很高興，爸爸還有不錯的胃口。

第三天，莉莉說他不肯自己吃東西了。怎麼回事？

「大姐放心，我餵他吃啊。」

「他肯嗎？」我很難想像爸爸接受讓莉莉餵食。

「OK的。」

第四天，莉莉說他沒有下床，所以在床上吃飯。我摸摸熟睡中的爸爸，莉莉替他刮了鬍子。他的額頭上有些微汗。

「那他還抽菸嗎？」

「比較少了，他會叫我，『小莉！』我就幫他點打火機，他沒有力氣了。」

這些都是訊號，但是我才剛剛得知，唯一留守照顧媽媽的莎莎也確診，我在兩頭燒的焦慮之下，沒有意識到爸爸正在斷崖式的衰退。

但是等到我的女兒結束入境隔離，趕到外公床前，一切都不一樣了。沉睡了好幾天的爸爸，已經很明顯的進入昏迷狀態。我一下子崩潰了，怎麼會這樣？昨天不是還好好的嗎？

女兒說肝硬化到最後，就是肝臟喪失功能肝中毒之後的昏迷。

「媽媽，妳不要難過，他這樣沒有痛苦。」

我真的慌了，應該打119急救嗎？

爸爸痛恨進出醫院，這一次出院前，人工血管的手術恢復之後，他每天都在吵著要出院。責罵所有靠近他為他換藥的護士，嚇得莉莉不知所措。他不會希望我再送他進醫院吧。

妹妹無法做決定，弟弟確診還在隔離，我必須一個人做決定。

但是我能放棄救他嗎？

一旦決定急救，他必須要在急診室裡熬過，等待核酸檢測結果的好幾個小時，更何況只有莉莉一個人能陪他進病房……

如果不進醫院急救，已經不能吞嚥的爸爸，沒有水和葡萄糖點滴，沒有儀器……就等於是我決定，就此劃下爸爸生命的終點。

我做不到……

我再也不敢離開爸爸寸步，我爬上他的床，就睡在他身邊，抱著他那隻佈滿了失敗針孔瘀血的右臂，握著他的右手，求求你，爸爸，再給我幾天，再撐幾天，等妹妹來道別，等弟弟隔離出關……

我依偎著爸爸，半醒半睡的熬了一夜，我不斷地摸著他的臉，他的胸口，確定他被我握著的手臂是溫暖的，而不是我自己的體溫。在旁邊打地鋪的女兒，也不時起身，邊打著呵欠，邊檢查他的脈搏……

女兒安慰我：「媽，妳看，妳陪著他睡，他看起來舒服很多。」天終於亮了，爸爸看起來平靜很多，就像是他平常熟睡的樣子。呼吸也感覺很順暢穩定。

「我原來以為他熬不過昨天晚上……」女兒這才悠悠的說。

我看著爸爸規律起伏的胸腔，實在不能相信這就是終點。我開始瘋狂的四處打電話求救，詢問哪裡可以找到生理食鹽水和葡萄糖的點滴，我想在家裡替他打點滴。好不容易找到了生理食鹽水和葡萄糖，我還得找護士來替他打點滴。爸爸雙臂全是失敗針孔的瘀血，被迫要裝人工血管就說明了替他用針的困難。他的孫女雖然是神經科醫生，但是我不想讓女兒為他打針，太難了。

我從診所打到區公所的長照中心，從醫院打到安寧病房，疫情讓一切更為複雜困難，忙了一整個上午，時間一分一秒的過去，我找不到任何護士來家裡替爸爸打針。

爸爸已經差不多二十四小時滴水不進了。

「媽媽，我來打吧……」

感謝那個給了我們食鹽水和葡萄糖點滴的診所，也給了五個針頭，和消毒酒精棉片，膠帶等等。女兒和莉莉一起想辦法，把爸爸的高爾夫球桿，綁上他的拐杖，固定在床頭，就成了克難的點滴吊架，如果不是爸爸病危，這實在是一個誰看了都會忍不住一笑的ＤＩＹ點滴吊架。

女兒開始一寸一寸地，仔細尋找外公手臂與腳背上，任何還可能用針的地方。一次、兩次、三次……接連四次都失敗了。

只剩下最後一根針頭。

「媽媽，我休息一下……」

女兒累得睡倒在床邊。我繼續用棉棒濕潤爸爸的嘴唇，心裡只能默禱會有一個奇蹟出現。

等女兒醒來，天已經黑了。爸爸情況並沒有惡化。

她重新準備，最後一根針。

我說：「妳再試試就好，不要有壓力。」

我走出房間才讓眼淚掉下來。我不忍心女兒既然醫師又是孫女的兩難，又不能不暗自慶幸她既是醫師又是孫女，金不換的寶貴協助。我走到客廳爺爺的牌位前，對著這位我只有一張模糊照片的爺爺發起脾氣：「你不可以現在帶他走！我不准你現在帶爸爸走！」

我唸起心經，這是沒有插針能力，沒有任何本事的我，唯一能做的。我不確定這會有任何幫助。或者該說，我確定這不會有任何幫助。不過只是讓困難的等待，少一點煎熬罷了。

我試圖專心地唸著……房間裡傳出來莉莉的歡呼。打進去了！

我的眼淚反而像決堤似的無法停止……連專業護士都打不進去的針，她竟然打成功了！

我們相擁而泣。

夜深了，點滴繼續滴著。女兒說，我們出去走走吧。外面沒有下雨。我們在門口的全家逛了一圈，突然想吃冰淇淋。我買了蜂蜜口味的，她要了抹茶口味的，涼爽的夜裡飄來一股茉莉花香。我們一邊交換著我們的冰淇淋，一邊摘下一小株茉莉。回家後，女兒把茉莉花放在外公胸口。爸爸一直都很愛花。

我還是擠在床上，抱著爸爸的手臂，又熬過了一夜。

但是隔天早清早，才發現即使針打上了，但是點滴卻滴不下來。

女兒決定把右手臂上的針，移到左側大腿進行皮下注射。

「媽媽，你去醫院試試看，請他們給我們打人工血管需要的無菌針具」。

我趕去振興醫院腫瘤科安寧治療的門診，上午是一位蔡醫師。我把手機打開，讓女兒直接跟他通話，詢問需要什麼針具，可不可行？

蔡醫師的電腦螢幕上，有爸爸上週住院治療的病歷。他邊看病歷邊和女兒討論，時而中文時而英文。

「你希望再留他多少天？」蔡醫師轉過來問我。

我一下子愣住了，這才意識到女兒這兩天說的是真的。爸爸真的要走了……

「我希望能和爸爸一起過中秋節……」

蔡醫師給了我四袋點滴。四天。

「如果最後不是在醫院，死亡證明書……妳要問一下怎麼開。」

然後寫了一張字條，讓我可以去化療室拿無菌針頭。

我站起來，向蔡醫師深深一鞠躬。走出診療室。拿著那張字條到化療室。

「點滴裡沒有任何治療的藥物嗎？」化療室的護士這樣問我。

我搖搖頭，又點點頭，是的，沒有藥物，不是治療……我當場無法控制地大哭起來。

一位護士走過來，說：「先別急著出去，來，休息一下。」

她帶著泣不成聲的我，走到一個布簾後面，要我坐下。

「他是妳爸爸嗎？」

我點點頭。

「妳知道，他這樣走，一點都不痛苦。」

我點點頭。

Let it be。

我抱著那四袋點滴，一袋無菌針具，離開了醫院。外面好大的太陽，這一切好不真實。

回到爸爸家，已經下午了。女兒在檢查點滴，莉莉在替爸爸按摩腿部。

「媽媽，莉莉的按摩，讓點滴順利很多！」

莉莉微笑，繼續揉著爸爸的腳。

然後我們三人，就這樣圍著爸爸，坐在床前的地板上，一搭沒一搭的聊著。

我問莉莉陪爸爸住院這段期間，他說了什麼？

「阿公只要醒著，就吵著要回家。我只好等天黑以後帶他去樓下，白天太熱……他一晚上可以抽完一整包菸！」莉莉說：「阿公沒抽完，不肯回房間。」

果然是爸爸。

「阿公看到計程車，就說：這個我開過。看到巴士，就說：這個我開過。看到卡車，就說：這個我開過。後來有一輛垃圾車，阿公說他也開過！」

我們都笑了。莉莉接著說：「我說：阿公你好厲害！」

還有呢？

「阿公抽完菸，要我去買兩杯咖啡。」莉莉搖頭：「阿公這麼晚我不要喝咖啡，我會睡不著。」輪到爸爸搖頭：「妳笨蛋！」

聰明的莉莉，還會假裝被蚊子叮，使出苦肉計，讓爸爸願意乖乖回病房。他也心疼莉莉的辛苦。莉莉是唯一能在醫院陪伴他的人。

我們就這樣一搭沒一搭的聊著。女兒開始研究怎麼施打人工血管。莉莉去準備晚餐。我不知道還能做點什麼，就用耳挖幫爸爸清耳朵，我們各自安靜的各忙各的。彷彿爸爸正在午睡，待會兒就會醒來，和我們一起晚餐似的。

九月七日星期三，晚上九點半。我的先生結束入境台灣的隔離，就趕過來看爸爸。

過了十點，忽然有人按鈴。

是妹妹一家三口。妹妹終於來了……

我想不起來上次看到妹妹是什麼時候了。也不知道她上次來看爸爸是什麼時候。她留著亮棕色的短髮，眼光雖然有些茫然，但是憂鬱症並沒有奪去她的美麗。

他們進了房間，安靜的圍坐在爸爸床前。女兒正在檢查外公的脈搏，計算要換點滴袋的時間。

我站在爸爸身後，揉揉他的頭髮，說：「爸爸，你看，誰來看你了！」

妹妹有些害怕，眼神中透露著惶恐，像一隻不知所措的小鹿。

我想說點什麼打破沉默：「爸爸，你放心，我會照顧妹妹的。」

沒有人接話。

握著外公右手腕的女兒，忽然看著我，臉色凝重地說：「媽媽，差不多就是現在了。」

我還沒回過神來……

「爸爸，你放心，雅倫會照顧妹妹，我會照顧雅倫的。」我聽見身旁的老公這樣說。

爸爸的左眼，流下了一行長長的淚……

我就這樣看著爸爸在我的臂彎裡，由溫轉冷。看著他的生命，像潮水一樣的退去。

爸爸走了。

他等的不是中秋節，他等的是妹妹。他沒有等弟弟。我們沒有如我所盼，共渡最後一個滿月，但是我們團圓了。這是爸爸期待的團圓。即使我們是在哭聲中團圓。

是女兒記錄了爸爸走的時間，22點45分。我想起早上那位醫師說的死亡證明書。我沒有這樣近距離的接觸過死亡，不知道死亡其實是一件繁瑣的行政流程。葬儀社的人很快就到了。

「請問父親有宗教信仰嗎？」

我搖搖頭。又聳聳肩。Yes and No。

「那反對焚香誦經嗎？」

我搖搖頭。又聳聳肩。Yes and No。

他們打開了一個巴掌大，小巧的卡拉OK盒，流出一串既熟悉又陌生的背景誦經音樂。我請他們把音量轉到最小。

「有沒有香？」

但是我不想點香。

「拿菸來吧。」我轉頭跟莉莉說。

我也沒問葬儀社這樣可不可以。就在原來應該插一枝香的小香爐上，插了一根菸。
房間裡頓時浮起那股熟悉的菸味。
我也自己點了一根，陪爸爸抽。
「我也要……」在我旁邊的女兒邊說邊點菸。
「莉莉，想不想再陪阿公抽一根菸？」莉莉點點頭。她自己平常抽的是薄荷淡菸。
於是我們三人，就像下午圍著爸爸聊天一樣，在還沒有完全冰冷的爸爸身邊，抽起菸來。這是我這輩子第一次和爸爸一起抽菸。不知道是因為整個場景有些滑稽，還是因為抽著菸，也沒法同時哭了。頓時就沒有那麼難過了。
原來抽菸的感覺是這樣。挺好的。不知道怎麼辦的時候，不知道能說什麼的時候，一根菸……一切都可以雲淡風輕。
沒人說話。就像爸爸在的時候，沒人敢說話一樣。這幾縷煙，像是我們每個人各自對他的道別字幕，悠悠緲緲地包圍著他。
這是爸爸每天早上起床，會做的第一件事。也是他每次出門，穿鞋前會做的最後一件事。

我知道他會先抽根菸，再上路的。

「倒杯酒吧。」既然有菸，怎麼能沒有酒？

櫥櫃裡還有一整箱他來不及喝的高粱。我為爸爸倒了一杯高粱。

然後就像我餵他喝水潤唇一樣，我用棉花棒，浸滿了高粱，先是輕輕的點在他的嘴唇上。然受乾脆滴進他口中。

「這比打點滴容易太多了！」大家都笑了，可不是嗎？爸爸除了吃藥，是不喝白開水的。一直要到他生病了，才放棄他除了早餐以外，每餐必備的一杯高粱。

「爸爸也走得太瀟灑了！」我老公說。

可不是嗎？就是這兩個字，瀟灑。

酒足菸飽……我們這才送爸爸上路。

我讓妹妹先回去休息。她一整個晚上都沒有說話，我怕她受不了這個打擊。

「爸爸會要妳回家睡覺的。」

我和女兒陪著爸爸一起上車到二殯。我老公開著爸爸心愛的，鮮橘色的 Mini

Cooper，跟在車後。

「好好玩，爺爺的車，跟著爺爺。」她回頭用手機拍下夜裡尾隨在後的，爸爸的愛車。

颱風過去了，台北的深夜，是一座安靜的空城，與初秋的涼爽。

爸爸的最後一程，美的像一個電影畫面。

我想起今年冬天，陪女兒送走了她鍾愛的安娜。沒想到今年秋天，是她千里迢迢趕來，為外公打了最後一針，陪我送爸爸。

我們在車子裡唸起心經。我唸一句，她跟著唸一句。

就這樣，我們三人陪著爸爸，走完最後一里路。

我的孤狼爸爸，孤獨闖蕩了一輩子的爸爸，你不是孤獨上路的。

爸爸好走。

我一個人回到爸爸家。莉莉還沒睡。在等我。

我們坐在飯桌前。兩個月前她還是一個我不認識的人，現在她卻是陪著我度過喪父之夜的人。

「阿公能留在家裡，這樣很好。」

如果把爸爸送到醫院急救，她會是唯一能陪伴爸爸到最後的人。

「阿公也在等妳回來。妳回比利時的時候，妳要抱他，他還把妳推開，不讓妳抱。」

如果我那時知道爸爸只剩下一個月，我還會離開嗎？但是也許就是因為我的離開，讓爸爸可以不必硬挺著維護他的尊嚴，可以接受莉莉的照護與陪伴，可以不再與自己崩壞的肉軀拉鋸抗衡。可以柔軟，可以鬆懈。可以放棄。可以認輸。

可以接受。

「阿公這一次有讓妳抱。」

是的。爸爸以他的方式，在我還不知道的時候，和我告別。他罵了我一輩子，最後一次，除了接受我的擁抱，他一個字，一句話也沒說。他以安靜，以沉默，對我說再見。沒有遺言，不需要叮囑，這是他對我的信任。

我一輩子都無法靠近的爸爸，最後在我的臂彎裡離世。

如果還有下輩子，爸爸，來當我的兒子吧。

九月開學

九月是開學的季節。

今年九月，我也重新回到教室裡上課。

一堂生死之課。

第一堂課的日期就訂在爸爸走了的第二天。他們給了我地址和時間。

除了我，還有別的同學嗎？

爸爸最最疼愛的妹妹，因為憂鬱症而無法參加。他唯一的兒子，弟弟，傳來簡訊：「妳全權處理」。這五個字像一把冰冷銳利的手術刀，要切斷他與爸爸的所有連結。是放棄，也是拒絕。他有他的理由，我只能尊重和接受。我們沒有任何對話，他再也沒有出現。

只剩下我一個人。一夜之間，我不但失去了爸爸，也失去了弟弟妹妹。

我驀地想起托爾斯泰的《安娜．卡列尼娜》開始的第一句：「所有的幸福家庭都是相似的，但每個不幸的家庭，都有它自己的不幸」。

不是都說一了百了嗎？原來還有連死亡都沒法軟化的執怨。

本來就是一堂小班制的課，現在成了一對一的課。我想起那些外語速成補習班，死亡的確像一個我完全不懂的外國語言，那些陌生的字母與符號，習俗與禁忌……我真的是個文盲。主動願意陪我去上課的，是我的先生，他是個十八歲就被派到比利時唸書的中國小孩，我們的文盲程度堪稱相得益彰，但是他給了我一雙可以依靠的肩膀。

另一個願意陪我去上這堂課的同學，真是我從小一起長大的同學，靜兒。我們更像是彼此選擇的家人，人生一路相伴的姐妹。爸爸一直非常喜歡靜兒，她也像是爸爸選擇的女兒：她有妹妹的美麗和溫柔，和不是親生女兒的安全距離。多年以來，靜兒一直是我的保護傘，只要有她在，爸爸就不會對我太嚴厲。

他們兩人成了陪伴我面對死亡的，兄弟和姐妹。

我們三個人，一起去上這堂課。

小小的教室裡，有一個電視螢幕。太強的冷氣，讓我直打哆嗦。老師是一位年輕的禮儀師蘇先生，這堂課學的第一件事，就像許多外語課一樣，是關於日期。

我們要選一個日期。原來這也像婚禮一樣，要選個好日子。誰相信選了好日子的新人就能一輩子永浴愛河？如果告別式也有好日子，那是保佑誰呢？這個已經破碎不堪的原生家庭嗎？

我不相信，但是我還是從善如流，接受了禮儀師推薦的好日子。我只希望辛苦漂泊了一輩子的爸爸，有一個好的日子上路。

日子是三個星期之後。除了靜兒還在台灣，我的先生和兩個女兒，應該都已經離開了。

「妳一個人可以嗎？」他問。

我不知道，但是我點點頭。

我真的不知道，我能不能在三週之內，獨立完成這些事。這個日期像是一個大考日期，沒有前置的模擬考，也不能補考。

一場我不能臨陣脫逃的死亡之考。

選擇日期之後，接下來給的是教材。禮儀師鉅細靡遺的解說，我也做了筆記。外語課和一班課程的最大差別，就是不能問「為什麼？」：因為沒什麼好解釋的。

我歸納了一下，其實生死也有許多共同之處，說穿了就是食衣住行。

「食」，就是告別式當天的祭品。我只選了鮮花水果。爸爸最喜歡吃香蕉。

「呃……」蘇先生面有難色：「不能放香蕉，也不能放葡萄。」

「為什麼？」（明明知道不能問「為什麼？」……）

「這種一串的水果，都不好，」蘇老師解釋道：「喪事忌諱一連串。」

喔，原來如此。但是可以放爸爸不能沒有的菸酒。

「衣」，就是選擇爸爸入殮時穿的衣服。還有為他準備一些平常穿的衣服。

「住」，就是棺木和骨灰罈。蘇先生建議用最簡單乾淨的原木，沒有雜質，是最環保的火化。骨灰罈呢？我選了一個青玉色的，但是上面要刻什麼文字呢？

蘇先生在螢幕上展示了一般的刻文：「我們的父親」、「摯愛的爸爸」……

我搖搖頭。小教室裡一陣沉默。

「就刻『落葉歸根』吧。」我說。

爸爸曾經交代過他要回老家徐州。我還不知道要怎麼帶他回老家，但是我會帶他回去的。

接著就是「行」。這個才是重點。開了一輩子車的爸爸，必須有一輛好車。螢幕上秀出了各式紙製名車的目錄：賓士、寶馬、奧迪……一輛要兩千元。

不，我要一輛 Mini Cooper。

這下輪到蘇先生傻眼：「很少老人家開 Mini Cooper，我們沒有這種車。」

我們三個都笑了，而且爸爸的 Mini Cooper 必須是鮮橘色。

「我想辦法找找看吧。」蘇先生說：「不過一定會貴一些。」

車絕對是最重要的，沒有車的爸爸，有再好的日期，都不會開心的。

第二天，蘇先生傳來一張紅色迷你車的報價單，沒有現貨，所以要提早下單，五千五百元。

「能不能改成鮮橘色的？」

一個星期之後，終於有了一個肯定的答覆：「客製化鮮橘色的要八千元。」照顧爸爸到最後的外勞莉莉，一聽價錢，驚嘆不已：「八千塊都可以買一台二手摩托車了！」

可不是嗎？但是阿公能沒有車嗎？我反問她。

「對啦，但是阿公那麼老了，他開車很危險的！」這倒是。

而且我們不能把爸爸的眼鏡一起燒給他，因為是金屬鏡框的，爸爸沒有眼鏡，開車就更危險了。

「沒關係，駕照是全新的。」蘇先生說：「而且我們會安排一個司機，他不用自己開！」

哇。這個外語文法太可愛了。

有了這輛車，似乎讓剩下的一切都好辦許多。我去買了一對筊杯，把所有問題都變成了是非題，叮叮咚咚地擲筊問爸爸：這套西裝嗎？這件襯衫嗎？這雙鞋子嗎？這個菸斗嗎？……

「妳連這種小事都問喔！」靜兒覺得不可思議：「通常不用問得這麼細。」

反正他閒著也是閒著，不是嗎？

主要是爸爸在的時候，我怕他罵。沒想到他走了，我依舊怕他。深怕選錯了衣物，他不高興。

接著我得寫一封訃聞，一篇祭文，和製作一段影片。

訃聞寫好了，靜兒替我訂正了錯字，但是要寄給誰呢？離了婚的爸爸，已經沒有未亡人了。我把訃聞傳給弟弟妹妹，上面寫著他們的名字，但是他們會來嗎？

比爸爸年紀大的朋友，早就先走了。他還剩下什麼朋友呢？怎麼聯絡他們呢？

我找到一本手寫的通訊錄，上面有些我還認識的名字，我也不知道他們還在不在？電話號碼還對不對？只能一個一個打電話，試試看。找到幾個爸爸的老朋友，即使都是比他年輕的，但是也都是七八十歲的長輩了，台灣的疫情正在升溫，他們即使知道了，會來參加告別式嗎？

我去了一趟工廠。爸爸在宜蘭打拚也將近四十年了，他的員工和客戶，陸陸續續有人訂了二十四個花籃，我看著這些陌生的名字，心想訂了花籃，應該就不會來了吧？

我不知道，也不敢想。只能把自己埋進相冊裡，翻過一張又一張的照片，在決定選與不選某張照片之間，重新拼湊爸爸的一生。

我和他相差了三十歲。在我出生之前，他是誰？

他和媽媽之間，一開始一定也是像所有的愛情故事一樣，甜蜜而勇敢。

高雄女中畢業的媽媽，不顧外公外婆反對，選擇了一個身無分文孤家寡人的外省阿兵哥，為了他離開了家大勢大的高雄娘家，難道不需要勇氣？她隻身來到人生地不熟的台北，從學習打字開始，進入公務系統，朝九晚五，白天上班，晚上照顧我們，守著一個小小的家，守著她追求幸福的夢想。

爸爸呢？那個穿著筆挺水手服的海軍小帥哥，當了爸爸，決定退役，自己闖蕩，來養活一家子。在我之後還有接二連三的妹妹弟弟，我們雖然只是小康之家，但是他也從來沒餓著我們，他自己沒有唸書的機會，卻也沒有阻撓我們求學深造。

他何嘗沒有一個幸福的夢想？

只是他不知道「家」應該是什麼樣子？他六歲喪母，不知道自己確實的出生年月日，不記得被母親疼愛是什麼感受，只記得周邊的人對他的同情和羞辱，他是為了逃離這份同情和羞辱而離開老家的，絕對不是為了追隨國民黨而來到台灣的，當時進入軍隊只是因為沒有別的選擇，後來離開軍隊也是因為他有了別的選擇。

他拚了命打造一個安定的小家庭，卻馴服不了自己無法安定的心。她努力地為他守住一個家，但是怎麼才能守住一個漂泊的浪子？

他們是大時代裡偶然相遇的兩個年輕孩子，天真地想要牽著手，一起往前走。婚姻本來就是一場豪賭，他們賭上了自己青春，押上了自己的生命，失敗的婚姻哪有贏家呢？最後的離婚只是放生自己。除了尊重和接受，身為兒女的，有什麼置喙的餘地呢？

我看著那些既熟悉又陌生的照片，有黑白的，也有泛黃的彩色照片，那些被定格的笑容，年輕的父母，兒時的我們……只有快樂的時候才會想拍照留念吧。照片裡曾經曇花一現的幸福。是我們，卻已經不再是我們。

我像一個硬是要把悲劇素材，剪輯成一部歡樂喜劇片的導演。我只選擇那些開心的照片，選了很多弟弟妹妹的照片，暗想他們來告別式，看到了影片，也許會回想起小時候的他們，曾經真心地被疼愛過。每個人的童年都是一個失樂園。但是記得這個失樂園曾經真實的存在過，總比拒絕回顧，容易些吧。

我喃喃自語地想說服自己：我們曾經快樂過。我們曾經快樂過。我們曾經快樂過……

卻分不清這是一句禱詞，還是一句咒語。

我的先生離開了，因為工作，他無法留在台北參加告別式。但是原定不在台北的兩個雙胞胎女兒，決定趕回來，送疼愛她們的爺爺，最後一程。

才結束隔離的妹妹，眼睛紅紅的。

怎麼了？

「這個要燒給爺爺帶走，」她拿了一個小小的信封給我，上面用中文寫著「爺爺」兩個字。

訃聞上的肖像，是她連夜畫的。這兩年爺爺住院，都是由在台北唸書的她陪著，她是可以用畫筆，看圖說話，讓爺爺乖乖吃藥打針的孫女小護士。為了照顧爺爺，她決定申請台灣護照，否則她只是個沒有身分的外國人。我沒敢問她信裡寫了什麼。

「妳們要在告別式上，對爺爺說些什麼嗎？」我換了一個問題。

「我們的中文不好，還是不說的好。」

沒關係，也沒人規定一定得說些什麼。

「但是我們可以拉一段小提琴。」妹妹若有所思地說。

「拉什麼呢？」我很好奇，她們已經十幾年沒碰小提琴了。

「我大概還記得那首帕赫貝爾的D大調卡農。」那是她們學的最後一首曲子。

爺爺一定會很高興的。我負責去張羅兩把小提琴。

有她們在，有小提琴，還有靜兒。我一下子不覺得自己那麼孤單了。

只剩下我的祭文。

我寫不出來。

我不知道要對爸爸說什麼。我從來也不敢對爸爸說什麼。

告別式的前一夜，台灣正逢諾盧颱風過境，下了一夜的豪雨。我睡不著。擔心已經寥寥無幾的來賓，會因為颱風更裹足不前。

夜裡三點。好大的雨。

我打開電腦，寫下給爸爸的祭文，像是這門生死大課裡，我的一份作業：

爸爸：

你走了快三個禮拜了，我還是很難相信你已經走了。但是你真的走了，不然怎麼會輪到我講話呢？從我有記憶以來，都是你說，我們聽，怎麼可能變成是我說，你聽呢？

但是起碼有一個好消息，就是你現在一定什麼都聽得見了，不需要戴助聽器了，我也不需要用寫的了。

我想說的很簡單，就是謝謝你。謝謝你照顧了我們一輩子。你辛苦了一輩子，都在照顧別人。我們也習慣被你照顧，天塌下來，有你撐著。你那麼強大，好像從來也輪不到我們來照顧你，即使到最後，你生病了，我們也沒有真正有機會照顧你。我很對不起。

但是，爸，我在整理照片，準備影片的時候，並沒有哭。因為照片裡的你，無論是十八歲還是八十歲，你永遠都是鏡頭裡，最帥，最搶眼，最活潑，最自在，笑得最燦爛的那一個。這才是你，真正的你，自由自在不受任何拘束，我行我素，我說了算的你。把快樂歡笑留給朋友，留給哥兒們，留給孫子孫女，但是把責任，把心事，把困難，把孤獨，關起門來留給自己。

我毫不懷疑，離開了紅塵，擺脫病痛的你，一定又是瀟灑自如，不受約束的那個你。

爸爸，一路好走，希望你可以好好休息，去你想去的地方，見你想見的人。唯一請你一定一定要記得，你不孤獨，你不是一個人，我們都愛你，比我們能說能寫的更多。

寫完，天也亮了，雨停了，颱風過去了，看來會是個晴天。

告別式在下午。兩個結束隔離的女兒，正關上房門緊張的練琴。連中飯都沒時間吃。我也沒敢打斷她們，這是送爺爺的最後一曲，她們全然投入的認真。

我們母女三人，還有莉莉，換上了黑色衣衫，上了車，一路安靜無語。

偌大的靈堂已經佈置好了，兩邊是滿滿的花圈。靜兒纖瘦的黑色身影，安靜的坐在大廳裡。

「這些花很好看，照片也很酷。」靜兒說。

靈堂上爸爸的照片，是今年三月裡一個下午，在羅東工廠，他午睡醒來，曬著北台灣暖和的春陽，陽光好的讓人睜不開眼睛，他戴著 **Ray-Ban** 太陽眼鏡，對著我的鏡頭，微笑。

告別式的司儀問我參加家祭的名單。他到時要一一點名上台。我寫下弟弟妹妹的名字，才發現弟弟會是主祭。

「如果他們沒有到場，那子女輩就只有妳……」

「她可不可以和我一起？」我指指靜兒：「她是乾女兒。」

「這樣的情份，可以和媳婦一起拜。」司儀在名單上寫下「義女靜兒」。

然後他們要我去靈堂後面，確認大體。

只能是我一個人。我說不出是緊張還是害怕，但是我沒有猶豫，這既然是一場大考，我只能迎上前去。

爸爸躺在我選的棺木裡，穿著我選的襯衫和西裝。他的臉孔有些陌生，不知道是因為化了妝，還是因為我不熟悉他冰冷的臉孔。不過他看起來很安詳。

「請把他的絲巾鬆開些。」我沒讓爸爸打領帶，但是圍了一條他最愛的白絲巾。我摸摸他的頭髮，冰冰硬硬的很不真實。

回到大廳。兩個女兒還在抱著琴猛練，她們的琴聲填滿了空蕩蕩的大廳。

最先到的是爸爸的老朋友，他們是爸爸退役前，汽車大隊上的師弟。十來個人吧，就像他們以前的聚會一樣，一整票的好哥兒們。我既驚訝又感動，爸爸，陳叔叔他們真的來送你了！

然後弟弟一家出現了。我們沒有交談。但是他終究來了。我鬆了一口氣。

妹妹全家也來了。她穿了一件白上衣，眼神有些慌張。我抱抱她，來了就好。

我們都到了。家祭可以開始了。

是因為淚水嗎？剩下的印象很模糊，我們和孩子們，按照司儀的指示行禮如儀。然後我聽見自己啜泣的聲音，斷斷續續的唸完夜裡寫的祭文。

最後是兩個孫女的小提琴演奏。她們拿好琴，站上台，這才發現沒有譜架。

我起身上台，為她們拿譜，紅著眼睛的姐姐，小聲對爺爺說：「爺爺，是你以前送給我們第一把小提琴的，所以我們現在拉一首送你……」

我閉上眼睛，根本不敢看她們兩個，只能用盡全身的力氣，努力讓自己雙手不要顫抖，拿穩琴譜。

她們含著淚水，揮舞著琴弓，以旋律為祭文，向爺爺告別。

如泣如訴。

等我再睜開眼睛，我們回頭並排站著面對大廳，我才看到剛才空蕩蕩的大廳，幾乎坐滿了人。

我的死黨姊妹淘、同學、好友、同事，知道的都來了。我看著台下坐在一起的她們，撲簌簌再止不住的眼淚，分不清是感動還是悲傷。她們知道我知道，她們是為了陪我，給我打氣，因為除了靜兒，其實她們和爸爸並不熟，但是她們都來了。都在。

我不是一個人。

除了姊妹淘，還有在百忙之中趕來，第一個上台公祭的宏達。從爸爸病危住院，我至此沒有和弟弟有過任何對話。爸爸走了，我們也沒有相擁而泣。告別式上，和我相擁而泣的兄弟，居然是宏達。

姐妹們也陸續上台行禮，然後一一給我擁抱。在冰冷的死亡之後，這些擁抱是生命的溫暖與悸動。這明明是爸爸的告別式，卻是我收到好多好多的愛。

我流著眼淚，說不出話來，心裡卻清楚明白：不要擔心。有你們在。我可以的。

大廳的另一半，除了爸爸的老朋友陳叔叔他們，還有許多我大半不認識的，黝黑的面孔。他們全是從宜蘭和羅東趕來的朋友，那二十四個花圈的主人……

有這麼多朋友專程趕來，為他送行。他是一個被珍惜的朋友，一位被尊敬的老闆。

我紅著眼睛向他們深深鞠躬答禮。

爸爸也不是一個人。

感動。感謝。

讓我有了勇氣，在蓋棺之前，主動拉起弟弟和妹妹的手，我是大姐，我沒有權利放棄他們。

火化之前，我們要出發了，我說抽根菸吧，爸爸出門前一定會抽根菸的，我把準備好的菸（和一個小菸灰缸）拿出來，兩個女兒也說要陪爺爺抽一根，莉莉也要，結果我們四個人就在靈位前抽起菸來，不過我們才沒抽兩口，禮儀師就很緊張地說：對不起，這樣火警警報器會響！我們只能忙不迭的熄了手上的菸，上一秒還沉浸在氤氳繚繞的悲傷裡，下一秒就歪樓成了被抓包的滑稽。

收拾祭品之前，已經倒了的祭酒，禮儀師問我要不要喝一杯？我說好啊，就乾了三杯高粱，結果我是紅熱著臉送爸爸去火化，然後飄飄然地去撿骨……

弟弟妹妹都沒有留下來，只剩下我們母女三人和靜兒母女，陪爸爸火化。

爸爸一定沒想到，最後陪他火化，守著時間等待撿骨的，居然是靜兒和我，和三個年輕女孩。

「哇，爺爺一定很高興，五個女生陪他！」

火化之後要撿骨入罈，大學都唸醫學院的兩姐妹，一面看禮儀師如何慎重的解釋，莊嚴的唸詞，卻居然一面用法文討論那些骨頭的拉丁文名字……

謝天謝地。因為她們的童言無忌，讓這些沉重的時刻，成了特殊的回憶。悲傷裡突然冒出的滑稽，眼淚汪汪也按捺不住的噗嗤一笑。再沉重的死亡，也不敵生命的輕快與飛揚。

然後要抱著骨灰罈去一個臨時塔位，禮儀師蘇先生看我實在太矮小，於心不忍，說：要不要我來抱？嗄？怎麼可能是他抱！不過的確很重。我一步一步小心翼翼，比當年懷兩個雙胞胎剖腹前還緊張。

「呃，媽媽妳這樣很像抱一個日本才有的，那種方型的大西瓜欸……」雙胞胎妹妹說。繼續童言無忌……

那個臨時塔位的確有些侷促，我想到要把爸爸留在這個格子裡，有些難受。

妹妹又說話了：「這就像爺爺去游泳的時候，寄放東西的櫃子！」

可不是嗎？我們就想像爺爺是去游泳了，游向遠方，等他游累了，再帶他回老家。

天黑了。我們母女三人搭車回家。她們倆明天就各奔東西，一個飛京都，一個回比利時。

沒吃午餐的兩姐妹，這回可餓壞了。但是怎麼樣也得先喝一杯珍珠奶茶再說。

大考結束了，沒有人給我們打分數，但是值得鬆一口氣，喝一杯甜甜的珍珠奶茶。

死亡只是為了讓我們凝視生命。讓我們張開雙臂，擁抱生命。

經歷了死亡，才能更痛快的活下去。

生命繼續。

這場我一個人面對的九月大考，原來是爸爸送給我的一個開學禮物。

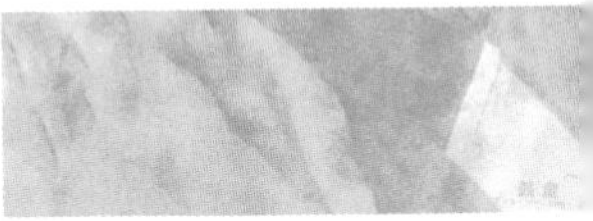

消失的幸福密碼

怎麼辦？真的打不開。

眼前是一個我認識了一輩子的黑皮箱，那種像警匪片裡，塞滿了鈔票或是夾藏毒品的手提箱。

這個箱子一直就放在爸爸的衣櫃裡。裡面放了他自己收拾的重要文件，他也曾經偶爾要我幫他把東西拿出來，或是放進去。印象中從來也沒上過鎖。

爸爸走了之後，要處理的事情千頭萬緒，我一直沒去碰這個箱子。我多少次打開衣櫃為他挑選衣服，總是刻意不看這個黑皮箱。它像是一道學測會考最難的魔王考題，是為那些第一志願的學霸準備的。這場生死大考裡我只求及格過關，魔王考題我主動放棄。

但是我我我又不敢放棄。

萬一這裡面有爸爸留下來的遺囑呢？

萬一我在不知情的情況下，沒有按照爸爸的意思，做錯了呢？

我想起十年前，二〇一二年十一月底，李安隨著《少年PI的奇幻漂流》在歐洲首映來到巴黎，在香榭麗舍電影院的媒體場首映之後，有一個Q&A，回答各方記者的問題。我猶豫了一下，還是舉手發問了。

我的問題很簡單。

電影裡那隻老虎，是不是您父親？

李安愣了一下。我是用法文問的，全場都聽得懂我的問題。

然後李安以他一貫的招牌微笑，指指我，用英文對全場說：「她是台灣來的，這個問題不算，我不回答！」

全場哈哈大笑，就翻篇到下一個問題去了。

我也微笑。這就是答案。

李安和我一樣，是個怕爸爸的小孩。即使他是個奧斯卡金像獎大導演。即使他的父親已經過世多年。

拒絕回答，就是答案。只有我才聽得懂的答案。

因為這是一個怕爸爸的小孩，才會問另一個怕爸爸的小孩，的問題。

眼前的這個黑皮箱，就像《少年PI的奇幻漂流》裡那隻老虎。我必須打開，才能放生那隻可怕的大老虎。

箱子鎖上了。需要六個號碼，左右各三個。

唉。光是抱著這個箱子我就坐立不安，那還有膽量撬開它？

還在台北的大女兒，接過箱子，查看了一下：「這種老箱子，應該不是太難。」

先睡上一夜再說罷。完全就是我小時候把不想寫的功課推到明天的模式。

我翻來覆去睡不著。

爸爸會託夢告訴我密碼嗎？肯定不會，他若入夢來，只會罵我太笨。

可不是嗎？我還沒睡著，女兒就來敲門了。

「媽媽，打開了！」

怎麼可能！我從床上彈起來，我只知道她會打針，還不知道她有開鎖的本事，佩服！

她捧著箱子塞給我：「這是什麼號碼？」

我戴上眼鏡看了看那六個正確的號碼。眼睛一下子濕了。

如果是用暴力撬開，我就不會知道爸爸選擇的密碼。

那是我可以追溯的記憶裡，小時候我們家的第一個地址，巷弄和門牌的號碼。

弟弟妹妹還太小，我不確定他們記得這個地址。

現在還記得這個地址的，除了我，就只有媽媽了。失智的媽媽，還會記得嗎？

我把箱子放在客廳的地上，女兒安靜地坐在我身旁，沒說話。我深深的吸了一口氣。

打開吧。

箱子裡整整齊齊的放滿了文件，有條不紊一如爸爸的家，沒有散落的紙張，沒有任何零星的雜物。

我嘆了一口氣。他知道自己要走了。他早就準備好了。

映入眼簾的第一張紙，是唯一一張孤伶伶落單的，沒有被放在大信封裡的文件。赤裸裸地暴露在其他所有文件之上，讓打開箱子的人，沒有任何機會漏掉它。

爸爸媽媽的離婚證書。

我從來沒有親眼看到過這張證書。一張薄薄的A4白紙。上面有四個人的簽名。

爸爸。媽媽。證人是弟弟和弟妹。

十年前，媽媽堅持要離婚，爸爸不肯簽字。也找不到人願意為他們作證。心疼媽媽的弟弟，決定擔負起背叛爸爸的逆子罪名，狠下心，在證人欄上簽了字。

這不只是爸媽的離婚證書，這是我們家崩壞碎裂的X光片。

我紅著眼睛，握著這張紙。沒有誰對誰錯，只能怪命運給了我們這樣的安排，卻沒有給我們足夠的智慧解套。這張證書放生了一對不快樂的怨偶，卻鎖住了一對父子從此再也跳不出的怨懟。

這張被放在最上面的離婚證書，像是一個宣告，更像是一個爸爸的控訴：「是你們逼我簽字的！」

不簽字，他們的婚姻就能繼續嗎？簽字之前，爸媽已經分居十多年了。除了每個年節最低標的互動，爸媽是生活作息完全南轅北轍的兩個人：媽媽早起早睡，爸爸是夜貓子。媽媽勤於公益，爸爸憤世嫉俗。一個飲食清淡，一個菸不離手，無酒不歡。

為了扶養我們姐弟三人，小夫妻多少年那麼辛苦都熬過來了。現在兒女各自成家立業，都不在身邊了，他們也習慣各過各的生活，即使有名無實，不是也相安無事嗎？為什麼一定要離婚呢？

為什麼不離婚呢？

委曲求全了一輩子的媽媽，為什麼不能堅持她想要的？

我沒有資格評論爸爸是不是一個稱職的丈夫，但是我理解媽媽的心情，那不再是扯不清的怨恨，而是渴望那份不要再和爸爸有任何關係的，自由。是放下。是放生自己。從此也無風雨也無晴。

這難道不需要勇氣？不輸於她當年不顧父母反對，隻身離家北上，下嫁給爸爸的勇氣。

我何嘗不同情爸爸？他痴痴地把破碎的婚姻，把崩壞的家庭，鎖在一個已經消失的地址裡。就像他從小要我背下來的徐州老家地址。就像他身分證上，連他自己也不確定的出生年月日。

就因為這樣，他只能把一切文件都仔細的留下，他像是他自己人生的考古學家，不斷在採集蒐證，甚至包括一紙離婚證書：是這場婚姻這個家庭，曾經存在過的，證據。

就像他到離世都沒有拿下來的，一直戴在左手無名指上的，刻著他們結婚日期的婚戒。

離婚證書之下，都是被他收拾地好好的，一個又一個大型的文件信封袋：從他的海軍退役證書，各種駕駛證照（客車和卡車），工廠與房屋的股權和地契，別人向他借錢的欠條……等等之外，我驚訝的是一本他手寫的筆記本，封面寫的是給弟弟的，裡面是他每次出國時寫給弟弟的手信：銀行保險櫃的密碼，各個銀行帳戶的印章，工廠的營運狀況，他的財務投資細節……

我只翻了一下，沒敢細看。這是留給弟弟的。最後一次的日期是二〇〇四年的中秋節。

這是他唯一手寫的筆記。我重新放進信封。我會轉交給弟弟的。

同一個信封裡，掉出來一張小卡片：是弟弟出生時的醫院證明，上面有日期時間和他出生時的體重。

箱子裡沒有我和妹妹出生的醫院證明。

唯一可以肯定的是，弟弟是在兩個女兒之後，他期待已久的兒子，曾經也是他唯一信任可以託付一切的對象。大女兒逃之夭夭人在國外，二女兒柔弱憂鬱無法分擔……

爸爸一定覺得自己被兒子背叛了。但是身為兒女的我們，哪有權利選邊站呢？弟弟不是支持離婚，他只是選擇了保護他眼中的弱者：媽媽。

如果當時我在台北，可能在離婚證書上簽字的是我。我反正被他從小罵到大，再多黑一筆，算什麼？

我不在場，所以也沒有任何發言評論的權利。我只是事情發生之後，那個撿拾一地碎片的工友。

收起一個信封，打開下一個信封。

一封被剪開的，寫了我名字的信，但卻是媽媽的筆跡。打開信，密密麻麻，寫得滿滿的一整頁。

倫兒：

媽媽很抱歉，有事必須遠行，至於什麼時候回來，並不重要，重要的是，媽媽不在，妳應是弟弟妹妹榜樣，不論在任何時候，只要妳能做到這點，媽媽就放心了。照顧弟弟妹妹，在媽媽不在時，至於其他的問題，爸爸會替你們解決。他是好爸爸。媽媽對不起你們，作個好孩子，代媽媽補償他，原諒媽媽，孩子。

媽媽

沒有年份日期。

但是我依稀記得是哪一天。

應該是我十歲那年吧。有一天夜裡，我被他們兩人吵架的聲音嚇醒，二十坪不到的小房子，沒有太多的祕密，他們顯然已經吵到壓不下聲音了。我聽不懂他們在吵什麼，但是顯然是很嚴重的事，因為媽媽一直在哭。我也嚇得躲在被窩裡哭，可是我沒敢出聲，也不敢叫醒旁邊的妹妹。聽著，哭著，不知道過了多久，後來我也睡著了。

最可怕的是第二天早上，起床之後，他們倆像沒事似的，照常張羅我們吃飯上學。我一個字也沒說，更不敢問。不說不問，彷彿就可以說服自己，昨天夜裡發生的事，不過是個我自己嚇自己的噩夢。

但是還有不久之後的第二次，我是被媽媽的歌聲吵醒的。真的，我到現在還記得，我從床上爬起來，走到客廳門口，看見媽媽用三張椅子合在一起，躺在飯桌旁邊，她正唱著「綠島小夜曲」，客廳裡亮著那個紅色的小燈，讓這一切更顯得光怪陸離，媽媽看見我了嗎？她並沒有停止唱歌，我也沒敢出聲叫她，爸爸呢？我看到他在浴室裡，他應該也看見我了，但是他什麼也沒說，舉起一個深色的玻璃瓶，砰的一聲往牆上砸去……

然後第二天早上，夜裡的一切又消失了。在上學的路上，我一再問弟弟妹妹，確認：「你們昨天晚上有聽到什麼嗎？」

他們不知道我在說什麼。

那就好。

我似乎成了爸媽的共犯，才十歲的我，也本能的知道要保護弟弟妹妹。幾十年之後，我終於知道那天夜裡發生的事情，不是一場夢。這封被爸爸攔截拆開的信，是媽媽留給十歲的我，的遺書。

他也留下了媽媽寫給他的信。整疊的信，一張一張仔細地被他收在資料夾裡，媽媽縝密娟秀的字跡，像一頁頁複雜難懂的樂譜，爸爸讀得懂嗎？他回信了嗎？媽媽忙著上班，下班後還要忙著三個孩子和做不完的家務，還花時間寫這些長信，小夫妻顯然是已經沒法在柴米油鹽之間對話了。

他們之間的漸行漸遠，絕對不是從媽媽退休之後的分居開始的。只是當時還有我們姐弟三個，他們沒有時間空間在乎自己快不快樂，他們只能繼續挺住撐住，然後看著這個換了更大的房子卻沒有更穩固的家，裂縫越來越大，彼此越來越遠。從爭執吵架到無言以對，從不顧反對私奔成家的小倆口，到白髮蒼蒼還堅持此生箱子裡不是只有這些痛苦的信件，也有幸福的遺跡。箱子裡沒有任何我的獎狀和成績單，卻留下了我寫給他的許多卡片。那些我自己都不認識的幼時字跡，那些曾經有過蛋糕蠟燭與歌聲相伴的生日，我真的都不記得了。

一張沒有日期，發黃的小紙條上，我寫著：「親愛的小爸爸，祝您永遠快樂如『88』。」

妹妹寫著：「親愛的老朋友，恭喜你過了十四年的『88』。」

弟弟歪斜的筆跡寫著：「親愛的大肚皮，為什麼你還不生第四個娃娃呢？」

最不可思議的，是他細心保留的一小塊撕碎的包裝紙上，妹妹寫著：「爸爸，您每天賺錢養我們，非常的辛苦，今天是您的生日，祝福您生日快樂」。日期是民國六十六年。被搶救下來的，花花綠綠包裝紙的一角，還有膠帶老舊沾黏的痕跡。

那一年，我們送了他什麼禮物呢？是用我們小豬撲滿裡的錢嗎？

從這些卡片上看起來，我也算是個可愛懂事的女兒，為什麼我不記得這些，卻只記得他對我的責罵呢？

為什麼害怕的制約力量，強過所有快樂的記憶呢？

如果多累積一點這些快樂的記憶，我會是一個不一樣的人嗎？妹妹就不會得憂鬱症嗎？

我的孤狼爸爸，他的祕密箱子裡，深藏了幾十年的寶物，竟然是這些童言童語的破紙條……難道是因為我們長大之後，就再也沒有給他寫過卡片，說「爸爸，我們愛你」了嗎？

或者，正因為我們各自忙著長大、唸書、升學、交朋友、談戀愛、找工作、出國、成家……哪個少男少女的人生目標順位裡，有「父母」這一項？父母的家，早在多少年前，就淪為一個不打烊的旅館，誰會花時間和櫃檯人員談心聊天？

後來等我們長大成人，有了工作收入，當生日節慶都可以在餐廳熱鬧慶祝的時候，誰還會拿起筆來，一筆一劃地寫卡片呢？

可是這些一文不值的卡片，卻是他當年吃苦打拚，有活就幹的動力來源。他在台灣沒有任何親人，除了我們，他還有誰呢？不疼我們，他為誰拚命呢？

為什麼我要等到他走了，打開這個箱子，才懂呢？

他也收藏了很多我出國之後，寫給他的信和傳真，但大多是我敘述自己生活種種，報平安的家書。我寫的是自己和小孩，然後總是以「祝你們一切都好」結束。我希望他不要為我擔心，就像他不願意我們為他的健康擔心一樣。

就這樣，在我一年又一年「祝好」的敬語裡，他慢慢的衰老。我們不再需要他的打拚，也不理解他為什麼要把自己弄得這麼累？賺再多的錢，他平常吃得穿的用的三十年如一日。何必呢？

我願意花時間，花腦筋去思考分析一個文學或是電影裡的人物，為什麼我沒有花一點心力，來研究我自己的爸爸呢？我總是偷懶的，習慣性的把一切都歸於對他的害怕。如果我們父女是一部小說裡的人物，我肯定會盡力去探索，去理解這份害怕的根源，絕對可以找到答案的。

但是我沒有。

我自己喜歡的文學作品，或是那些值得一看再看的經典影片，我從不拒絕重讀或重新觀賞，因為總是能得到新的領悟。我卻把我們父女的關係，鎖死在「害怕」這一格，這就像用辣椒壓蓋住其他所有的味覺層次，把自己麻痺在恐懼裡。

於是「恐懼」也成了一個舒適圈。

等我鼓起勇氣，打開這個箱子，才發現我害怕了一輩子的爸爸，是一個我不認識的人。

我知道他有條不紊的整潔習慣，總以為是他早年的軍隊訓練。但是我完全不知道，他在外表杯底不可飼金魚，大碗喝酒的瀟灑霸氣之下，居然藏著一顆這麼細膩的心。我以為他是一幅潑墨山水，沒想到他竟然是一個工筆人物。他收藏的都是文字信件，也許是因為他怯於自己詞不達意，沒有書寫的能力，唯一的文字是他偷偷寫在筆記本裡，卻從來沒有交給兒子的手信。

我不認識他，他認識他自己嗎？

那個時代的父母，哪像我們有時間和精力，找朋友喝咖啡聊天談心，找閨蜜吐槽抱怨，找哥兒們喝上一杯天南地北。哪有時間看那些暢銷書排行榜上，教你如何理解自己，與自己對話，學習表達自己的教戰手冊？

他們只有一個模式，求生模式。

沒有任何容許心情宣洩的出口，或是對自己同情氾濫的缺口。

他難道沒有傷口？當然有。所以他只能躲在獨飲的烈酒裡，再用一根又一根的菸，煙霧彌漫的把自己藏起來，孤獨地舔舐自己滿身不為人知的瘡疤。在自卑與自負之間，用酒精和尼古丁，麻醉自己。

活下去。

沒有人需要他了。只剩下工廠。他何嘗不知道，沒有他的工廠也能繼續運作？但是他是老闆，他可以決定工廠需要他。這是他最後的堅持。這是他剩下唯一的，不需要被感情綁架的資產。

但是他留下了這個箱子。他沒有逃避性地，選擇只留下對他有利的文件，他可以不要留下媽媽給我的遺書，不要保存媽媽向他陳述痛苦的信件……他全都收著，鎖在這個箱子裡，用人生第一個屬於他的地址作為密碼。這個密碼是一個消失了的地址，但是更像一個他不肯放棄的，幸福的夢想密碼。

密碼裡鎖著三個年幼的孩子，童言童語裡對他簡單直接的愛。有他的妻子，在他不在家的夜晚，想念他時寫給他的長信。

有這個家，這個婚姻，崩壞之前的遠古遺跡。

這絕對不是他最近幾年才選定的密碼。但是只要他沒有丟掉這個老舊的箱子，這個密碼裡的地址，就不會消失。這些遺跡，就可以繼續安靜的，安全的躺在這裡。

他知道，最後會是我來打開這個箱子嗎？

他相信，我會找到這個密碼嗎？

這不止是這個黑皮箱的密碼。這更是爸爸的人生密碼。

爸爸走了。我才找到認識他的密碼。

才開始解鎖我對他的害怕。從害怕到好奇，不過是六個數字的排列組合。

要這樣的生離死別，才能讓我們真正的相識相遇。

媽媽呢？

這座醫院的三樓之後，是四樓。

所以住院大樓的十二樓，是貨真價實的第十二樓，一層也不少。

我揹著電腦，一手提著雞湯，另一手是紅燒豆腐燉白菜和烤地瓜，已經爬到了六樓，還剩一半，我開始有點喘。但是不敢拿下口罩。

快到了，加油！我給自己打氣。

媽媽在十二樓。我怕雞湯涼了，就是喘氣，也不想放慢腳步。

終於到了十二樓……我拉開安全門走進去，立刻右轉，然後神不知鬼不覺地迅速溜進病房……逃過了正對著電梯出口的護理站，闖關成功！我得意的像電影裡那個赤手空拳的爬上十二樓的蜘蛛俠，他那可全是特效啊！

我摘下帽子，氣喘吁吁，像個賣力笨拙的喜劇演員，舉起雙手拿的飯菜熱湯：媽媽，是我！

媽媽有些吃驚：「妳功課寫完了？」

我笑了。果然還是媽媽，別來無恙。這是小時候她下班回家進門的第一句話。也是我開始替《文茜世界週報》寫稿以來，她每次和我講話——無論我是在她面前還是在手機螢幕裡——的第一句話。

我放下東西，先去洗手，然後拿出我的電腦給她看：我來這裡寫功課，陪妳！

她點點頭。

我看著好久不見的媽媽，她瘦小的身體，被淹沒在太大的病患服與被褥之下，插著點滴導管的左手，是病床上她的身體唯一浮出可見的部分。我努力的喜劇出場，也無法掩飾這令人難過的一幕。從我回到台北，爸爸過世，媽媽確診……我忙著爸爸的後事，她被送進了新冠隔離病房，一直到兩天前才被轉到普通病房，進行其他的治療。但即使是普通病房，疫情期間也不允許探病。這是規定。除了照顧她的外勞莎莎，沒人能進來看她。

一個多月了，我一直沒有看到她……還提心吊膽的擔心她熬不過新冠這一關。

昨天第一次來看她，搭電梯上了十二樓，當然就被堵在護理站：小姐，我們沒有開放探病喔。

喔。

所以昨天觀察了地形，今天再試試。

一旁的莎莎還是有點不安：「那等一下護士來查點滴，怎麼辦？」

再說吧。我得先餵媽媽喝雞湯，吃飯。

這是一間單人病房。莎莎把我帶來的飯菜擺出來，一一秤過，記錄了重量，準備好餐具：「那這個醫院餐，怎麼辦？」

我看看那一盤已經涼了的飯菜：「沒事，我吃。」我也替莎莎帶了印尼餐，她因為照顧媽媽，也被困在病房隔離，真的很辛苦。輪不到她吃冷了的醫院餐。

這是我第一次餵媽媽吃飯。

二〇一九年年初，媽媽第一次病倒住院，治療才被發現就已經是第四期的癌末，那時還沒有莎莎，我趕回台灣在醫院陪她：那兩個多月，前後一共是三十八次的放射線治療和六次化療，她雖然虛弱，但是還有自己進食的力氣。只是化療讓她沒有胃口而已。

我把床搖起來，準備餵她吃飯。媽媽餓嗎？她不置可否。先喝一口雞湯吧。是雞湯的溫度？還是味道？她眼睛亮了起來。起碼她有胃口了。我一口一口的餵，問她這個好吃嗎？喜歡嗎？太燙嗎？夠鹹嗎？

她沒有出聲，但是繼續一口接一口的吃，就是最好的回答。

媽媽是整個房間裡最安靜的：開著的電視，一面講手機聊天一面吃飯的莎莎，走廊上的腳步聲，我的自言自語……

我想起以前餵女兒吃飯的慘狀情景。兩個嗷嗷待哺的雙胞胎娃娃，餵她們吃飯不但是個體力活，而且是個高階的手遊挑戰：①要趁小嘴張開的那一瞬，精準地塞進一勺食物。②如果上述步驟成功，那就要期待已經進入小嘴裡的食物，不是原封不動，而是被吞下消失。③要防止兩隻粉嫩小手直接向碗盤裡的食物下手。

④要搶在小手抓起食物之前，即時攔截住那隻小手，塞進一根湯匙或叉子，這是爭取人類小獸文明進步的唯一機會。⑤如果上述步驟失敗，那要搶救的是被抓出碗盤，但是沒有放進小嘴裡的食物。

①＋②＋③＋④＋⑤的同時，還要自配音效：諸如這個小肉丸子要進山洞啦之類的廣告。通常無效。

然後（①＋②＋③＋④＋⑤）乘以2……因為是雙胞胎。

餵小孩子吃飯，的確是一場熱熱鬧鬧令人汗流浹背的遊戲。但只要是遊戲，都是開心的，吃多吃少，就是不吃，他們都會長大。

餵媽媽吃飯不是遊戲。是一道數學加減練習題。一勺菜、一塊肉、一勺飯、一口湯。纖維、油脂、蛋白質、澱粉、水分。加起來一共是多少？

媽媽不知道答案。她只是安靜的張嘴、閉嘴。沒有抗拒。

人生不過就是兩勺餵食之間的距離。從嗷嗷待哺的熱鬧，到無聲餵食的安靜。

我不能嘆氣。我只能繼續演戲：好吃嗎？燙嗎？鹹嗎？

我是我自己唯一的觀眾。我賣力的製造聲音，像是一個對球場上賽事勝負毫無影響的啦啦隊。

沒關係，只要她還能吃就好。

然後該發生的事，就發生了。一個護士推門進來。她即使戴著口罩，我都可以看到她的驚訝。我即使戴著口罩，也遮不住我無處可躲的尷尬。

「我們不允許探病喔！」她是來量血壓，結果抓到一隻大老鼠。

「我打了三劑疫苗，這是今天剛做的快篩！」我答非所問，把事先準備好的東西忙不迭地拿出來。

「但是這是規定，不開放探病。」

「不准探病她怎麼會好？」我急了。

「醫院規定就是這樣……」我也不能為難人家。疫情期間的醫院管理，的確不容易。她接著解釋：「因為不能群聚」。

什麼是群聚？

「超過三個人就是群聚。」媽媽、莎莎、護士、再加我，的確是四個人。

我不讓她有接話的時間，立刻衝出病房：「妳慢慢量！」

我站在走廊上，手裡拿著快篩結果和手機疫苗紀錄，萬一有人問，我起碼是一隻陰性的大老鼠。

那位護士推著護理車出來，看了我一眼。

「我明天還會來。」她不置可否，推著車到下一個病房。「謝謝喔，辛苦了。」

我在她身後說。

我回到房間，媽媽剛吃了藥：「妳要走了？」

沒有，媽媽，我不走。

果然過了不久，是護士長來了，她不是來量血壓體溫的。

「妳是她女兒？」我點點頭。正想著我是不是該像剛才一樣，走出病房。

「妳第三劑疫苗什麼時候打的？」我立刻秀出紀錄，背出日期。

「妳明天還要來？」

我點點頭：「我每天都會來，一直到她出院。」

她不知道怎麼回答我，轉頭看已經躺下的媽媽：「她來妳高興不高興？」

媽媽說：「高興。」

我一下子紅了眼睛。

「好吧。」護士長說：「不過妳每天都要做快篩。」

我點頭如搗蒜：「一定一定。」

就這樣。我不用再像出軌幽會一樣，偷偷摸摸地來看媽媽。但是我還是爬樓梯上十二樓，誰知道明天護理站的護士和護士長，是不是同樣的人？

「妳怎麼不坐電梯到十樓或十一樓，再走上去就好？」好姐妹靜兒嫌我笨。

對呀。我怎麼沒想到？下意識總覺得人家是特別通融，我好像沒有搭電梯的權利。不過走樓梯也的確減少感染病毒的風險。

就這樣，我成了十二樓眾所周知卻視而不見，可以自由進出的大老鼠。我退掉了媽媽的醫院餐，每天趕著給媽媽送餐。傍晚離開醫院就去張羅第二天的餐飯，努力想她喜歡吃什麼。

媽媽喜歡吃什麼？除了木瓜和香蕉，我真的不記得媽媽特別喜歡吃什麼。

是不記得，還是根本不知道？

小時候全家圍桌吃飯，唯一有印象的是她喜歡吃魚頭。現在想想，那就像她喜歡吃剩菜剩飯一樣，不是嗎？所有的媽媽都喜歡吃魚頭吧。

其實小時候也沒什麼剩飯剩菜，我記得晚餐之後，她還要準備的四個便當：我們姐弟三個的，和她自己第二天上班的。她是朝九晚五的公務員，在那個沒有網購外賣的時代，她每天是利用什麼時間去買菜，然後搭公車趕回家洗菜做飯，餵食我們姐弟三個？

我從來沒有在家裡吃過泡麵，也沒有拿過錢去外面買過早點。她為我們一天準備三餐，從來沒有少過一頓飯。

每天做飯這麼辛苦，但是她一點也不喜歡出門上館子吃飯，就連母親節或是替她過生日，她都不答應。而且總是有一大堆藉口：太油太鹹太遠太麻煩太不乾淨。其實也許只是因為以前沒錢，吃不起餐館。後來不缺錢了，我們卻都不在她身邊了。

退休之後，她到處當志工。她每年選定一個博物館美術館或圖書館——她說因為這樣可以聽演講看展覽——只要台北市捷運或公車可以到的，她都擔任過志工。而且甚至比她退休前還要更認真，還要更投入。因為她總是選擇別人不想要的週末，甚至年節假日。這麼多年每次帶著小孩回國，要見她，總得到她擔任志工的地方，才能找到她。兩個外孫女也因此去遍了台北的博物館美術館，看了很多看不懂的展覽。這都要感謝好學不倦的外婆。

現在想想，這十幾年，她吃的都是志工便當。

她為我們煮了一輩子的飯，把我們養大了，離家了，和爸爸分居了。她不再開伙做飯。她只吃便當。

我對她小時候的一張黑白照片，印象特別深刻。那是她小學畢業的合照吧。整張照片上，她是唯一一個穿著白衣黑裙和黑鞋白襪的小女孩。其他的小朋友，不分男生女生，都是打赤腳。

她排行第八，是家裡排行最小的女兒。我有四個舅舅：大舅開米廠，二舅開銀樓，三舅種蘭花，四舅養盆栽。那是四五十年前的高雄，小時候我就是再不懂事，也知道她曾經是一個台灣富家小姐。但是即使是有錢人家的女兒，家裡也不讓她唸書。

那時的台灣才光復後沒多久，她還是用歐豆桑、歐卡桑稱呼她的父母，學校剛剛改回用漢字教學，她把自己名字裡「美」之後的「子」拿掉，她想上學。她上面的姐姐，沒人唸書，也沒人抱怨。我記得比她大幾歲的三姨說過，那時她們年紀已經大了，再回去上學唸漢字，很奇怪。

媽媽能唸到高雄市女中，要感謝一位為了她，到阿公家裡去求情的外省小學老師，王性倫先生。

媽媽說，我名字裡的「倫」，就是為了感謝這位想盡辦法，讓她繼續升學的王老師。

不能繼續唸書，是她一輩子的遺憾。

家裡不給她錢唸書，她只好到煉油廠上班。認識了當年在左營當兵的外省小帥哥，爸爸。只有富家小姐才會拒絕家裡安排的相親，浪漫和一個窮光蛋私奔。窮人家的女兒才不會笨到只考慮愛情，不要麵包。

人生地不熟的台北，三個小孩，和一份微薄的軍餉，硬是把小時候就有黑鞋白襪可穿的富小姐，打磨成一個每天得煮一桌飯菜，準備四個便當的職業婦女。

我只記得自己滿滿的便當，從來沒注意，媽媽自己的便當，是不是放了和我們一樣的，滿滿的飯菜？

何止是飯菜便當。除了讀書，媽媽喜歡什麼？我也不知道。

更可怕的是，誰知道？

她的喜好，好像從來都不是我們兒女做任何決定時的考慮。

我們什麼時候真正問過：媽媽呢？

沒有錢的苦日子，她沒得選。日子好過了，有選擇了，卻沒人問她要什麼。

她只是安靜的守著一個，只剩下她一個人的地址。還算是家嗎？不如說是一個保留著我們所有人所有東西的倉庫。

這個倉庫裡擺著再也沒有人看、再也沒有人聽，早就壞掉的電視和音響，也沒人想到要替她修理。衣櫃裡滿是我們再也不穿的衣服、書架上塞滿了我們再也不看的書、客廳裡老舊笨重的傢俱、廚房裡大而無當的冰箱、房間裡開始出現壁癌的牆、除了她沒有人祭拜的祖宗牌位……幾十年堆積的雜物塞滿了每一個房間，是媽媽捨不得丟？還是沒有力氣整理？

我們都有了自己清爽寬敞的新家，包括爸爸，眷村改建後分配的小公寓。

只有她，守著這個淪為歷史博物館的家，每天開門關門，卻沒有訪客。

她也像一個不支薪全年無休的志工，只委屈地睡在那個最小最窄的房間。也許是為了逃離這個不再是家的倉庫，她馬不停蹄的去別處當志工，選擇的地方都是寬敞空曠的美術館博物館。有時候沒有排到志工班，她也不願意留在家裡，寧可整天耗在大直的圖書館裡，或是實踐大學旁的誠品書店裡，看書。

我們總是習慣的認為這是她的好學。多體面的答案。

誰在乎真正的答案？

一直要到二〇一九年春節的大年初一。她在擔任志工的單位倒下，被救護車送到醫院急診。我們才知道她生病了。

而且病得那麼嚴重。已經是癌末第四期。

弟弟安排她轉院治療，她不肯，她堅持回家。我趕回台北，我願意陪她治療。

我永遠記得那一夜，我從機場直接回到大直老家，她在家，但是陽台上看不見任何燈光。

我沒有鑰匙，只能按鈴。等了好一會兒，她才慢慢來開門。

客廳裡只有一盞暗暗的夜燈。她憔悴的臉色，是漆黑的室內，唯一的慘白。

我們什麼也沒說，她才剛從急診室回家，累得沒有力氣說話。我放下行李，換了衣服，擠上她的床。這是三個房間唯一能睡的單人床。我們也只有一床棉被。好冷的冬天。我想靠近抱住媽媽，卻被一個硬邦邦的東西嚇到，我整個人坐了起來。

「這是什麼？」我顧不得冷，掀開被子。看到一個更讓我毛骨悚然的東西。一塊大約超過一公尺，有七八公分厚，形狀像是一片粽葉的，長長的木頭。

媽媽縮著身子，動也沒動，背對著我，有氣沒力的說：「這是你弟弟在納莉颱風以後，河裡裡撿回來的一塊木頭。」

我驚訝的一句話也說不出來。

納莉颱風是二〇〇一年……這根木頭陪了她幾乎十八年！

我移走那塊線條其實相當柔和的木頭，替媽媽蓋好被子，然後緊緊的抱住她。

我的眼淚止不住的滴在被子上。

我不敢哭出聲，也不敢動，只能盡力壓住啜泣，不要嚇到她。

媽媽，不要怕，我在。

第二天，她安靜的接受了轉院安排。

媽媽沒有拒絕治療。她只是沒有勇氣，自己一個人面對治療。就像她害怕一個人入睡，只能抱著一根木頭陪她一樣。

醫生的解釋似乎與她無關。需要輸血？需要做人工血管？需要放射性治療？需要化療？

她從不反抗。也不多問。她對自己的治療沒有意見。

我簽字，她受苦。我唯一能做的，就是握著她插滿針孔的手：媽媽，不要怕，我在。

那個對球賽勝負毫無影響的啦啦隊。

還有把她打扮的漂漂亮亮的：紫紅色的貝雷帽，配上同色的大披肩。天氣暖和了，就為她戴上一頂米白色巴拿馬黑緞帶草帽，加上一條米色薄圍巾，推著她坐上輪椅去做治療。讓她一進電梯，一進候診室，所有人的眼睛，都為之一亮。

她臥床，我學著替她翻身，擦洗身體，更換尿布……我不是一個專業合格的看護。她從來也沒有抱怨。最多就是皺皺眉頭，偶爾痛得啊一聲，聲音輕的讓人來不及反應。

媽媽寬容地，全然地，把她的身體，交給我。

我從來沒有見過的，一個衰老的，被癌症侵蝕啃噬的，女性身體。這個孕育了我，餵養了我的身體。也應該會是我自己的，未來註定老去衰敗的身體。

出院之後，弟弟把她接去同住。為她申請了外勞。她終於再也不用一個人，孤獨的睡在一個空房子裡了。

但是她也沒有離開病床的能力了。她只能從家裡的病床，換到醫院的病床。那三十八次放療遏制住了她的癌，卻也摧毀了她的腸胃系統。她的身體，是一片焦土。

「媽媽，想不想回家？」

「都差不多。」她輕輕地說。

她怎麼會不想回家？但是她想又怎樣呢？就像她人生裡許多事一樣，由不得她。所以她學會逆來順受，沒有任何慾望，這樣她就不會失望。反正都是一張病床。

甚至連躺在病床上，看什麼電視頻道，她都放棄選擇。

什麼都好。疲勞轟炸的新聞台，泛濫成災的美食頻道，一成不變的重播連續劇。

她唯一的選擇，就是閉上眼睛。

還有忘記一切。是失智，還是她放棄記憶？那麼多沉重痛苦的記憶，不放下怎麼活下去？

除了她自己選擇的婚姻，和七十歲時要求的離婚，她這輩子沒有堅持過任何事情。

我關掉電視，替她戴上耳機，她喜歡聽蔣勳老師講書：講莊子、講紅樓夢、講詩經……她可以一聽再聽。聽完了也忘了。自己的故事都記不得，何來力氣去記別的故事。

她只記得自己喜歡上課，喜歡讀書。

她閉上眼睛。是專心聽書，還是要睡了？

我沒有打開電腦。我不想寫功課。

我想好好守著她，專心陪她。

這是我剩下的，唯一的功課。

距離

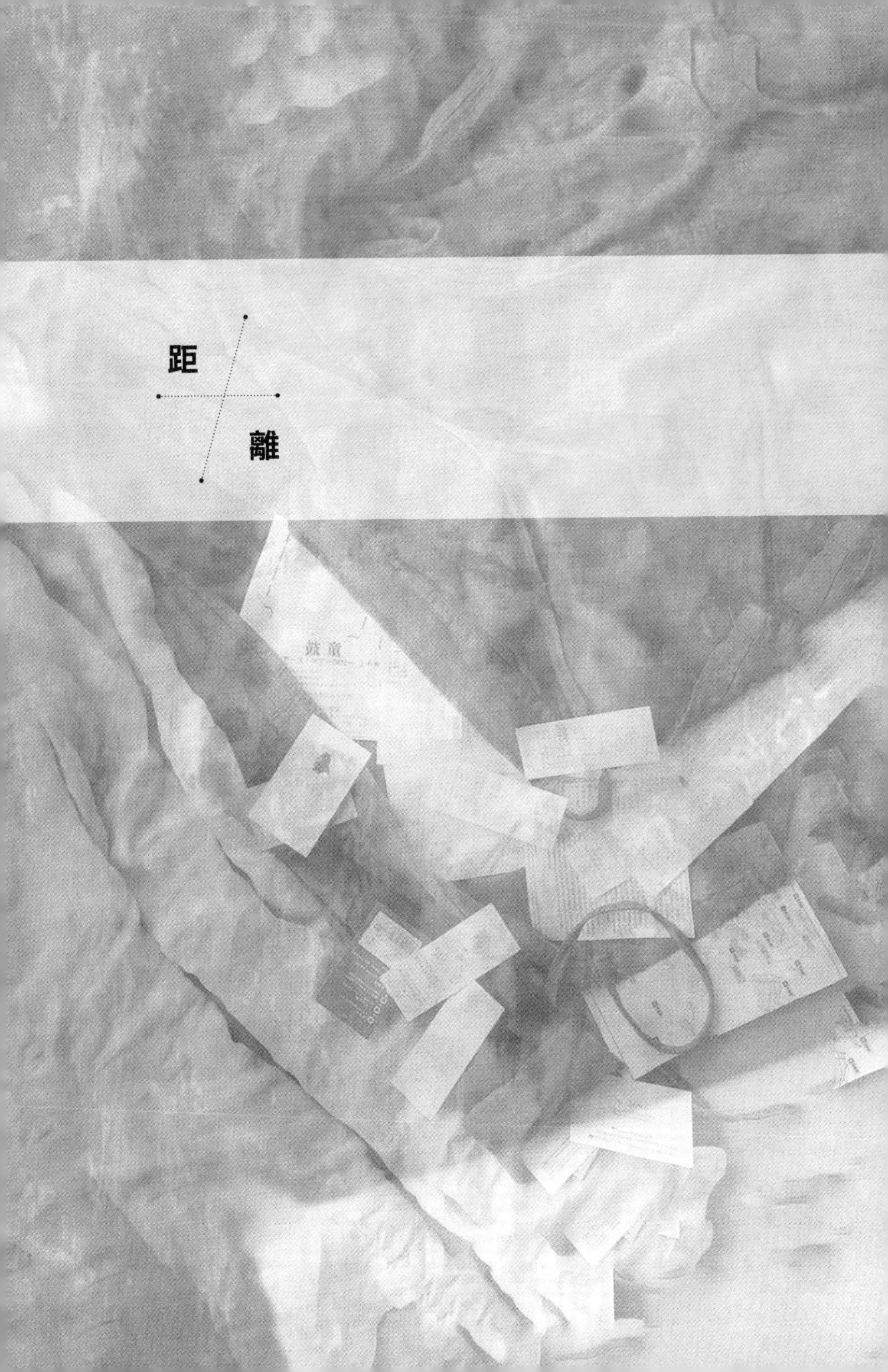

歸去來兮

我小時候沒玩過樂高，這並不表示我對拆解組合沒有興趣。恰恰相反。我對拆解組合充滿熱情。

我的樂高，是中文繁體字。

比如說「家」。「宀」寶蓋頭下面加頭豬，就成了「家」，馬上就出現了一家人圍桌吃飯的畫面。

但是如果寶蓋頭下面是條牛呢？對不起，牛得犁田工作，吃不得也關不得，否則就成了「牢」。

我屬兔，當然會想到寶蓋頭下面，如果是隻兔子呢？於是就懂了為什麼狡兔三窟，否則就「寃」了。

長大後，有了自己的家，肯定是受了中文樂高的影響，總覺得家裡最大的那張桌子，必須是餐桌。

孩子們大了，搬出去了，他們不在的時候餐桌太大，一起回來的時候，又擠不下。這時候才赫然發現中文的深邃精巧：重點不在餐桌，而是寶蓋頭下面那頭豬。

只要能一起團聚吃飯，哪裡都是家。餐桌上的菜餚，比餐桌重要。圍桌吃飯的家人，比菜餚重要。

接著不只是孩子們離家了，我們自己也外放了。隨著工作離開比利時來到上海，為的是可以離年老的父母更近些。山東老家和台灣娘家，幾乎是我們短假的唯一（唯二）目的地。名山勝水可以等，父母不能等。

說是「老家」和「娘家」，但是如果父母不在了，山東和台灣，也只剩下名山勝水了。

長假呢？當然是回比利時。離開之後，才發現沒人住的家，不過就是棟空房子。我們倒成了自家房子的過客。

哪裡才是家？

疫情顛覆了所有的邏輯。包括「家」。

不能團聚，哪裡都不是家。

我們回不了比利時，孩子們來不了上海。上海封城讓不過幾百里之遙的山東，變成遠在天邊。台灣就更不用說了。

去年年初我們換了一套更小的房子。因為原來為孩子們留的客房，像個笑話。沒人笑得出來。

上海封城隔離，除了對抗暖化減碳排貢獻卓越之外，也像一塊明礬，把我們的心降解沉澱到最簡單，最原始，最清楚的透明。

什麼都沒有了，你最想念的是什麼？

家人。

那種光看照片不夠，拿著手機卻講不出什麼跟昨天明天後天不一樣的東西，沒什麼大不了，卻又少不了的，陪伴。

可以共處一室，卻不必高談闊論言之有物的輕鬆平淡。
可以不說話，卻不沉重的安靜。不想說，沒人逼你說。想說，有人聽你說。
我逃離了強制性的酒店隔離，回到家迎來的是兩個人的隔離。差別在哪裡？
在哪裡隔離，工作上沒有差別，我們都可以遠距居家工作。
我想起了小時候的中文樂高。寶蓋頭下面的那條牛。
一個人隔離工作，是個牢房。
兩個人一起，是相依為命。
上海淪為一座孤島。我們是孤島上一起等待解封，一起撐下去的隊友和戰友。
上海市衛健委一直強調，上海要打贏這場動態清零的攻堅戰！
這讓我想起張愛玲的《傾城之戀》。
戰爭爆發了，白流蘇和范柳原結婚了。我們已經是夫妻，世界卻崩壞了。
世界崩壞了，我們只剩下彼此。
不是什麼百年好合，永浴愛河。是一起面對世界的崩壞，是一起面對孤島上的焦慮與恐懼。

孤島解封了，我們放棄了同進同出的困難，與強制隔離的不確定性，各自奔向不能等的兩個爸爸。

我們約好之後，一起回比利時。回那個有張大餐桌的家。

他滿心期待的回到山東淄博，在醫院加護病房與普通病房之間，進進出出了兩個月的爸爸，終於出院回家。爸爸已經偏癱了，因為插管，聽得見卻不能說話了。

說。他說。一直說。他什麼都說給爸爸聽。從烏克蘭戰爭，到神州十四號，到安倍晉三遇刺，到台海局勢……爸爸當年是位工程師，對什麼都有興趣，任何機械設備一看就懂。唯一不懂修不好的，是自己的身體。

想念撞上了衰老病痛的現實，碎了一地。離開淄博是為了再回去：「因為爸爸每次看到我回家，都特別有精神」。

他十七歲就離家到北大唸書了。爸爸記不得他在家的樣子，只記得他每次風塵僕僕，提著行李從外地回家的樣子。

所以，他只能不斷地回家。

因為，他也想念爸爸為他開門，特別開心的樣子。

即使爸爸偏癱在床，只要爸爸還在，他就永遠都是那個十七歲，離家回家的孩子。

山東之後，他想辦法來台北。回上海是7＋3隔離，來台北是3＋4。他來台北，比我回上海合算。我詢問過所有機場入境過境單位，知道他沒法過境轉機，只有入境隔離之後，才能出境的唯一選項。

但是沒有上海飛台北的航班。廈門飛台北買不到票。北京可以飛台北，但是從上海去不了北京。

他終於找到一張成都飛台北的票。我在台北為他張羅隔離。向好朋友借了一個陽明山上獨門獨戶的小屋子，備好了他三天需要的糧食，趕去菜場買了他最愛的台灣新鮮肉鬆，和上海缺貨的伯爵茶。

二〇二二年七月二十五日，他從上海出發飛成都。到了成都，我告訴他如何在入境台灣的小程序上，登記註冊，填寫隔離地址，才能辦理登機手續。他到了天府機場的長榮櫃檯。

我在台北屈指算著，等著他發給我「登機了」的簡訊。

結果不是簡訊，是一通電話。

「他們不讓我登機，需要台灣的入境簽證！」

裴洛西需要簽證嗎？

細節就不用多說了。是一個比動態清零還要難以理解的邏輯，法文裡有句話叫做「一條咬著自己尾巴的蛇」，就是沒完沒了沒法解套的矛盾。任何方法，繞了一大圈，都只能回到原點。

他原來可以看著陽明山的夜景入睡。現在卻必須臨時狼狽地在成都機場，想辦法找個酒店過夜，還得想辦法不要一出機場，就被拉去酒店隔離七天。

我的抱歉。他的疲倦。

毫無預警，沒有準備，別無選擇的分離。

他不需要我的抱歉。我也沒法安慰他的疲倦。

就像山東的爸爸一樣。我們都只想記得團聚的樣子。

然後他給我發了一張照片。這是他到台灣的行李。全部。

啊……

我們沒有如期團聚出發。但是我們卻帶著為對方準備的行李。

後來他找到一張八月四日深夜，從北京飛布魯塞爾的機票，提前先從上海，再回山東一趟，然後去北京搭機。我則早幾個小時從台北起飛，轉伊斯坦堡，回比利時。

他的箱子裡，有我的零食。我的行李裡，是他的肉鬆。

在裴洛西颱風過境台北之後，如果解放軍的海空演習沒有封鎖民航班機……如果他的健康碼沒有因為一周內繞了三個城市而彈窗，可以順利進入北京……

這是老天爺的安排嗎？

在這個戰火紛飛與疫情肆虐的二〇二二年，我們將意外地在七夕的夜空裡，一起飛向同一個終點，我們遙遠的家。

睡美人

有些事是千古不變的恆定真理。

我從小就知道的恆定真理，有兩個。

一：地球是圓的。

二：妹妹是美的。

大家都說我聰明。但是聰明是看不見的。相較於對一個漂亮娃娃的溢於言表的讚嘆，說我聰明反倒像是一個聊勝於無的安慰。那種稱讚完妹妹之後，才發現站在旁邊的姊姊，尷尬之下的人道反應。

哪個小孩不聰明呢？

他們沒辦法說我乖，總不能說我醜吧。

更何況爸爸媽媽也是這麼說的。他們最津津樂道的故事，就是有一位單身富裕的女鄰居，我還記得她姓陳，故事的重點是當年陳小姐要移民去美國，臨走前她願意以一整棟房子，來換妹妹。

我的妹妹是公主，起碼得是故事書裡的一棟城堡，區區一棟房子算什麼？故事就結束了。沒人再提起陳小姐的下落，我也不知道她說的房子是哪一棟，肯定是那些有花園院子，有高牆圍著的獨門獨棟的大房子，就連大門都比我們家的大上兩三倍。漂亮的妹妹當然比那棟房子更珍貴。

我沒敢接著問的是：那我呢？陳小姐考慮過我嗎？

我一直更害怕的是，還會不會有人用更大的房子，來換妹妹？

我對妹妹被換走的恐懼，遠超過我對妹妹美麗的嫉妒。

後來有一段時間，年輕的爸爸媽媽忙於工作奔波，只能把妹妹寄養在內湖的一個朋友家。長大後聽他們說，其實只有不到半年的時間，但是小時候的六個月，感覺上是一輩子。

我記得妹妹不在的那段時間，我一直做一個同樣的噩夢：有人把妹妹偷走了！我嚇得半夜哭著醒來，坐在床上，眼前是——我到現在都還記得——那個夜燈下暗綠的五斗櫃。

半年後，爸爸媽媽就從圓山的眷村，搬到內湖。我們不能把妹妹一個人放在內湖。

小時候，誰敢欺負我妹妹，我絕對饒不了他。我曾經為了妹妹，在學校甩了一個小男生兩巴掌，被叫進校長室罰站。校長說：「王雅倫，妳不是你們班的班長嗎？怎麼能跑到低年級班上打人？」

坦白說，我根本忘了到底為了什麼打人。只記得我不認錯，寧可受罰。之後，再也沒有哪個小鬼，敢在學校欺負妹妹。

妹妹不只是美麗，而且乖巧聽話。從小就喜歡做家事，小時候放暑假在家，她總是自動自發地把家裡收拾的乾淨整齊，等媽媽下班回家。她也會給我佈置任務，要我負責掃地，掃就掃吧。但是不知道為什麼，我總是掃不乾淨。媽媽說我不是掃地，是在寫書法畫大字。嘻嘻嘻沒關係。因為媽媽每天忙裡忙外，沒力氣管我們。

我和妹妹兩人從小時候擠一張單人床，到換成塞滿了各式抱枕的雙人床，一直到大學畢業離開台灣，我們從來沒有分開睡過。我也不記得自己習慣睡哪一邊，反正哪一邊都無所謂，只記得我總是要抱一條彩虹魚睡覺。

妹妹得忍受一個對家事毫無興趣的姊姊。我們並排的書桌，時時刻刻都像是兩張「before」與「after」的照片：我的是整理前，她的是整理後。

更不要說書桌的抽屜了。我的抽屜往往是滿的打不開，她的抽屜任何時間打開，都是一張紋風不動的九宮格照片。物分其類，各有歸所，工整到連地震都無可奈何。

妹妹好脾氣，從來不嫌棄她的姊姊室友。我也很守規矩，從來沒有越過我們彼此書桌之間的楚河漢界。她最多就是嘆口氣，等我期中考。因為我準備考試的方法，就是整理書桌，總覺得整理完了，好像就可以上考場了。

後來我自圓其說的找到了最好的星座藉口：真的不是我太糟，只因為妹妹是愛家的巨蟹座！

妹妹沒有漂亮女生的公主病。相反的，她有爸媽眼中一個完美女兒的所有優點，所以我很快就放棄了對完美的追求。就像我的父母很早就放棄了對我的要求。完美是與生俱來的，這是我人生的第三個恆定真理。

大學畢業之後，我選擇了離開台灣，去遙遠的歐洲。一年之後，她趁著暑假來歐洲找我，我們姐妹和 Pierre 還有 Andréa，四個人擠在一輛當時已經是老古董的雪鐵龍 2CV 小車裡，從巴黎一路玩到義大利，那種今天早上不知道晚上會睡在哪裡的玩法。那時還沒有什麼申根簽證，也沒有什麼 Google 導航，我們一路上經過的阿爾卑斯山路，連海關哨站都沒有。我記得從法國進入義大利，是在山間伸手不見五指的濃霧裡，我們嘻嘻哈哈在濃霧裡躲貓貓，忙著尋找法義邊界，找來找去只找到那些放山吃草的，安靜的牛群。

妹妹買了一個清脆的牛鈴，算是蓋在護照上的印記。

我們一起睡在義大利的海灘上，然後在不靠海的佛羅倫斯，我們就睡在火車站前，天不怕地不怕的青春遊民。我居然想不起那年夏天，我們是不是偶爾在旅館睡過幾夜乾淨的床。我只記得一向有潔癖，細緻乾淨的像個瓷娃娃的美麗妹妹，就這樣餐風露宿地，和我瘋玩了一整個夏天。

那是我們姐妹唯一一次，共同出遊的夏天。

畢業後我繼續留在歐洲。我們姐妹再也沒有同床共枕過，分開的兩個人在各自的人生中匍匐前進。我一路跌跌撞撞，她依舊以與生俱來的完美，優雅前行。

她與大學的初戀男友，修成正果，共組家庭。我的妹夫才華橫溢，事業有成。他為巨蟹座的妹妹，佈置了一個可以登上室內設計雜誌的家。他們的房子越換越大，裝潢越來越有品味，妹妹從此有了自己打造的，一塵不染的美麗城堡，相得益彰成了真正的公主。

一位忙碌的全職公主，無微不至地全心伺候她自己的小公主和她的國王。細心體貼的她，當然也把公公婆婆打理的妥妥當當，是讓公婆豎起大拇指的完美的媳婦。她一直照顧著長年臥床的婆婆到最後，也陪伴著喪偶之後一個人的公公壽終正寢。

她是所有人的小天使，記得每個人的喜好。她總是滿懷伴手禮的出現，有條不紊的皮包裡，隨時都可以拿出那種我見都沒見過，想都沒想過，但是被她發現的，令人驚豔不已的日常用品：那種用了就覺得自己瞬間進化許多的優質小物。

她依然是所有合影的照片上，那位最美麗的公主。即使照片照不出，她比外表更美的內在。那種讓她周圍所有人，都覺得自己是全世界最重要的人的溫柔與關心。

我們習慣被她關心被她照顧，習慣她一年到頭無關節慶生日的小禮物，習慣她總是美麗精緻的穿著打扮，習慣她從不抱怨，從不搶著講話的優雅安靜。習慣她不打擾任何人的美麗善良。

習慣她的完美。

習慣對完美視而不見。

習慣……

她的安靜優雅，漸漸的，成了沉默不語。

手機裡也慢慢不再有她發的，各式各樣可愛的貼圖。

她出現的時候，越來越少。

從什麼時候開始，她美麗的城堡，成了她唯一的世界。我們進不去，她也不出來。

就連我回台北也見不著她。

打電話給她。大部分時間是關機狀態。

偶爾她出乎意料地接了，反而是我不知從何說起的尷尬。

長長的沉默之後，「我很累……」她有氣無力的說。

然後大家也逐漸習慣了沒有她的消息。

我也不再打電話給她。我甚至記不得她的電話號碼，也沒有她新家的地址。

她不再有足夠的精神和體力來打掃她美麗的城堡。

她把自己折疊在越來越長的睡眠裡。不佔地方，不打擾任何人。

她像一張漸漸模糊的傳真。那張薄薄的紙還在，但是已經看不清楚曾經的字跡。

那個當年她從阿爾卑斯山帶回來的，清脆的牛鈴，還掛在老家的門上。但是誰還記得妹妹清脆的笑聲？

從不能理解的擔心，到無能為力的接受，年老體衰的父母，只能安慰自己，起碼妹妹是安全的。
她知道爸媽生病了嗎？她知道我回台北了嗎？她知道這個世界發生了戰爭嗎？
能不能再用一棟房子，換回我的妹妹？
她會醒過來嗎？
還是她根本不想醒來？不想再面對這個令她筋疲力盡的世界。
繼續沉睡是她抵抗憂鬱的唯一出路。
我們每個人都在這個亂糟糟的紅塵裡，像陀螺一樣不停地旋轉著，忙碌著。年復一年的在時間的長河裡浮沉，磨損，老去，衰敗。
唯有在睡眠中讓時間停格的妹妹，是永遠的睡美人。
等她醒來。
這是我所相信的第四個恆定真理。

四・五公斤

四・五公斤是個什麼概念？

如果要用電腦或手機的容量來算，四・五公斤等於多少個GB？MB？

怎麼計算四・五公斤所佔的空間？

今年夏天歐洲嚴重的乾旱，讓家裡荒廢了半年多雜草叢生的院子像個非洲草原。但是我知道她在哪裡。

即使當時種下的那些白水仙，早就被雜草淹沒了。

那是今年二月初的一個雨天。又冷又濕的一個星期六。我一個人穿著雨靴，拿著大鏟子，一鏟一鏟的挖了一個長方形的坑，也因為用力而一步一步陷進濕軟沉重泥土裡。我穿了一件帶著帽子的外套，但是雨水滴滴答答的讓我覺得臉上全是水，看不清楚。

怎麼也想不到，四．五公斤居然可以是我們生命中的重中之重。

更難想像昨天還抱在懷裡的小東西，待會兒就要躺進這個又濕又冷的泥坑裡。生命真是一個殘忍的玩笑。

我繼續挖著，想起這輩子曾經埋葬過的小東西：上至沒救活的小麻雀，下至沒養活的金魚，還有一隻帶到台南朋友家旅遊，卻意外往生的，讓我們忙不迭地跑到成大校園裡慎重下葬的小天竺鼠。孩子們在比利時的童年裡，有過許多各類各樣的小伴侶。當他們睜著又晶亮又充滿期待的眼睛，看著你，然後是甜甜軟軟的童音：「媽媽媽媽，牠們這麼可愛耶！求求妳……」

坦白說，我對養那些麻雀、金魚、小白兔、天竺鼠……真是毫無興趣。這些族繁不及備載的小東西，在我眼中只有一個同義字：「麻煩」。其他都是廢話。我當然有權威說不，我應該要說不。

但是最後總是一個 yes。

所以當麻煩結束的時候，雖然不至於放鞭炮慶祝，起碼我在埋葬牠們的時候，往往有那種終於畢業的輕鬆感覺。

但是這一次……

安娜是我女兒的女兒，一隻白色的棉花面紗犬（Coton de Tulear）。那一年她的小主人才十歲，同年所有比利時有出生證明的小狗，名字都是A開頭，女兒決定喊她安娜。被帶回家裡的時候，她只有一個月大。白茸茸的小寶貝，抱在懷裡，足以融化任何冰山。

一個十歲的小女孩，和一隻剛離開兄弟姐妹孤零零的狗娃娃。

Forever。

安娜勝過所有精美昂貴的玩具，享受任何洋娃娃都比不上的嬌寵。明明是我負責她的吃喝拉撒和早晚散步，但是她晶亮烏黑的眼睛裡顯然只有她的小主人。她喜歡把小腦袋塞進女兒的鞋裡，再髒再舊的破鞋都是她的香奈兒5號。她的到來開始挑戰家裡的所有底線。

結果是……沒有底線。

最後只剩下：安娜不能上桌吃飯，不能上床睡覺。

安娜麻煩嗎？不論陰晴風雨的遛狗，麻煩嗎？清理她一身長毛從外面帶回家的灰塵泥巴，麻煩嗎？清理家裡無處不在的狗毛，麻煩嗎？按時帶她去看獸醫檢查打預防針，麻煩嗎？

麻煩。

但是每天早晨下樓時，每次進門回家，她迎接我們的，那麼簡單純粹的熱情，讓「安娜」的同義詞只有一個：快樂。

安娜把所有最簡單的日常生活，那些最不起眼的平凡細節，全灑上了魔法金粉：安娜對一隻比她大三倍的大狗大呼小叫、安娜想吃女兒手上的薯條、安娜被梳了一個小蝴蝶結、安娜在接女兒下課的校門口成了明星、安娜把我們每個人的盤子舔的乾乾淨淨，自己的小白臉上卻是一圈番茄醬……

原來只有在童話裡才出現的美麗小仙女，可以是全身長了毛的萌寶貝。

十歲的小女孩成了少女，換了學校，有了新的朋友，學了新的科目，去了不同的地方，有了更多的衣服鞋子，出門上學或遊玩的時間越來越長，在家裡的時間越來越短，留給安娜的時間越來越少……

安娜還是安娜，永遠都在等她回家。

少女長大了，離家求學，成了忙碌的醫學院學生，有了男朋友，開始在各個醫院實習，穿上了看診的白袍，從小姐成了病人口裡的醫師，也不是每個週末都有空回家……

安娜只是她熱鬧忙碌的青春裡，越來越小的一部分。

但是她還是安娜的全部，安娜永遠都在等她回家。哪怕她多久沒回家，哪怕她只是回來幾個小時，安娜從不計較，從不生氣，從不抱怨，只把看不見主人時候的所有等待，一股腦的加倍奉還。

好像她生命的全部，就是等待和陪伴。

別無所求。

我們也一直以為她是我們生活裡的一顆恆星，永遠發亮發光的小太陽。小女孩鮮明的女大十八變，讓我們幾乎意識不到安娜的改變。漸漸的，她不太對別的狗大叫了，她也不追貓了，散步的時候得我停下來等她，一天大部分的時間都懶洋洋的睡著。

就連路上碰到看她可愛摸摸她的小孩，她都百無聊賴，愛理不理。

她毫無預警地，老了。

我們因為工作離開了比利時，輪到她忙碌的小主人照顧她。安娜從郊區的大院子，搬進了布魯塞爾的小公寓。她每天的出巡空間，從鄉間小道變成了人行街道和市區公園。任何正常人類都會覺得被坑了的委屈，她不在乎。

二〇二〇年歐洲首當其衝的新冠疫情，讓所有的醫院和醫生都成為戰場與戰士。嚴重的人手缺乏讓初生之犢的年輕醫師們，被推上了最前線，這場疫情，讓他們燦爛鮮嫩的青春，他們學醫救人的雄心壯志，以最粗暴的方式，撞上了醫學也束手無策的生老病死。

當歐洲在疫情最嚴重的時候，安娜的陪伴，是每天筋疲力盡的年輕小醫師，唯一的靠山。最柔軟的療癒。

再孤獨的隔離，有安娜陪著。再累再忙，封城禁足期間所允許的外出遛狗，是每天和吃飯睡覺一樣重要的儀式。

除了疫情，還有人生裡正常的風暴：女兒和初戀男朋友分手了。全力舔舐小主人看不見的傷口的，是安娜。

小女孩長大了，安娜老了。不變的是她們倆彼此守護，相依為命。

二〇二一年隨著疫苗問世開打，歐洲疫情逐漸趨緩，到處都是抱團重聚，享受一起用餐聽歌跳舞的年輕人，狂歡地解鎖被關了將近兩年的青春。

女兒除外。她有安娜。她捨不得讓已經等了她一天的安娜，下班後還要守著小公寓，等她回家。所以下班後她不再出門，婉拒所有聚會邀請……

放棄了所有屬於青春的社交生活。

年輕漂亮的女孩，不再打扮了。一整個櫥櫃的衣服像是花錢租的，碰都不碰。每天穿著同一件黑大衣，同一雙鞋。

「這件大衣的口袋，放得下所有安娜出門要用的小東西：遛狗的小塑膠袋、眼藥水、零食餅乾……」

鞋子是因為不用繫鞋帶，抱起安娜，套上腳就可以出門。

平日上班時的電腦背包，在週末換成了安娜背包，一個到哪裡都背著抱著的老寶貝。我很難想像女兒的女兒，居然是一個老太婆了。

整整兩年之後的二〇二一年冬天，我們終於回到了比利時的家。開門迎接我們的，不再是那個興高采烈蹦蹦跳跳毛茸茸的小東西。記憶中雪白的安娜，現在成了那本暢銷書的《五十道灰》……

原來狗毛也是有表情的，灰撲撲的長毛怎麼看都是有氣無力的。我也秒懂為什麼年紀到了，就得乖乖接受。否則怎麼作，都是令旁觀者尷尬而不自知的裝萌。

老狗不裝萌。不需要，狗狗就是老了，都可愛地萌著。

我確定安娜沒有忘記我。但是我不確定安娜很高興我回家。因為從此，照顧她的人換成了我。除了我心疼雙十年華的女兒為了照顧安娜，沒有社交生活，鼓勵她和朋友出去之外，事實是安娜不方便去的場所，我一樣不得其門而入。

原因很簡單：她是狗，我是人，但是我沒打歐洲疫苗。

所有需要健康通行證的餐廳、咖啡、酒吧、電影院，我一概無緣享受。其實很多餐廳、咖啡、酒吧是歡迎寵物的，但是對沒打疫苗的主人敬謝不敏。

但是我們能去所有不需要脫外套大衣的地方：室外。

剩下一個細節：安娜不太能走了。

只有一個選擇：我抱她。

所以就這樣，我抱著安娜，走遍了附近的公園。我先抱著她走上一段，等她想下來了，等我的胳臂瘦了，就放她下來走兩步。以前在路上碰到其他的狗，總免不了此狗彼狗之間一陣大呼小叫，但是自從我抱著她，再碰上她的四腳同類，她居高臨下以一副那種「我們不是同一個維度」的眼光，看著這些在地上朝著她亂吼亂叫的各種大狗小狗，她鬆懶懶地攤在我懷裡，眼皮都不動一下，根本懶得回應。

原來「狗眼看人低」的進階版，是：狗眼看狗，更低。

有道是狗咬人不稀奇，人咬狗才稀奇。人遛狗不稀奇，抱著狗遛狗，當然稀奇：「牠怎麼不下來走？」

我也從實招來：她老了，十七歲了，有關節炎，走不動了……

啊……看不出來她十七歲了。可不是嗎？我得意的像是我自己拉皮成功似的。

安娜理所當然的成了左鄰右舍熟悉的老佛爺。大方地接受各方路人的問候，有時候高興，就看一眼那些朝著她亂嚷嚷的狗兒，打個呵欠：「眾卿平身」。

在室外她高調出巡，放她下地撒尿之後，有時她也願意走上幾步。這時我得小心防止萬一別的狗一下子衝過來，我來得及把她抱起來。如果是在公園裡，總會有人提醒我：遛狗不帶狗鍊是要罰錢的。是的是的，但是她老了，我捨不得替她上鍊子……

於是抱著、揹著、提著……我們不只去附近的公園，還搭火車去了海邊。她在我們懷裡，瞇著眼睛看著窗外灰濛濛的冬天，不吵不鬧，安靜乖巧的像一隻Teddy玩具狗。其實我們不確定她是否喜歡這樣被折騰，也許她寧可躺在家裡溫暖的小窩裡，是我們想要去海邊，留下和安娜一起出遊的記憶。

因為安娜的時間不多了。

冷颼颼的北海冬天，沙灘上幾乎沒有別人。有一種冷是外婆覺得你冷。我是安娜的外婆，我理所當然覺得她冷，為她穿上了藍色小外套，戴上了法國貝雷帽。小寶貝沒有拒絕的能力。我們在冰刀似的寒風細雨裡為她拍照，安娜是北海灰暗的冬天裡，唯一的一抹鮮豔。

老太太的胃口也變了，她不再吃狗食，她要吃和我們一樣的東西……或者說，是我不再把她當成一隻狗了，怎麼還吃狗食呢？我照顧她的這段期間，女兒說安娜幾乎被餵到要破五公斤了！可不是嗎？我絕對是親外婆啊！

嗯……基本上是我們吃她喜歡吃的東西。不太吃肉的我現在餐餐有肉，因為安娜無肉不歡。從來不買的香腸烤肉火腿肉，現在是必需品。因為老太太唯一沒變的，是面對美食流口水的興奮，但是也許是年紀大了，吃不動了，所以把好吃的東西，像奶嘴一樣地含在嘴裡——是忘了還是捨不得吞，無從得知——然後就繞著長長的餐桌一圈又一圈的走著，偶爾經過自己的餐盤，停下來，想要再吃一顆肉丸子，一張口，嘴裡掉出一兩顆一直含著沒吞下的，同樣的肉丸子。

原來老狗也會得阿茲海默症。

她的世界只剩下女兒和我。沒有關係，我們替她記得一切。

一月底過完農曆年，我就要離開比利時，再回到上海。心裡最擔心著，是一旦我走了，女兒要怎麼在已經恢復正常的，忙碌的工作之餘，照顧安娜？

「就像妳不在的時候一樣。她等我下班回家。」女兒說。

她沒說的是，她要值夜班的時候怎麼辦？她要出差的時候，怎麼辦？她要出國參加研討會的時候，怎麼辦？

不知道。

我知道：她會為了安娜，放棄一切出差和出國的機會。

二月五日是我在比利時的最後一個週末，最後一個女兒可以和朋友出去聚餐的星期六，去吧，好好玩。

我開始收拾房子，整理行李。安娜還是像一個瑞士時鐘一樣，圍著餐桌轉呀轉的。我沒有注意到她幾乎沒有喝水，也沒有發現她盤子裡的肉丸子，一顆也沒少。我忙進忙出之際，也沒看到她累了，不轉圈了，直接就躺在餐桌下。

一整天，她滴水未進，她最愛的肉丸子和為她買的烤雞，碰都沒碰。傍晚，她吐了一點膽汁。

女兒回來了，有些擔心。夜深了，我們不想折騰她，決定第二天星期六一早，就帶她去看醫生。我們沒有像平常一樣，帶她上樓和我們一起睡，怕她萬一要吐，不方便。就圍著她，一起睡在客廳的大沙發上。

一整夜，她沒有聲音，只聽見她沉重的呼吸。她換了幾個姿勢。睡得並不安穩。

天亮了，才七點多。平常可以一覺睡到中午的安娜，醒了，有氣無力的看著我們。

我們著急地尋找一個週六早上還開門的獸醫急診……

女兒穿上了那件黑大衣，套上鞋。她開車，我抱著安娜……就像去海邊那天一樣，也是一個星期六。

車子才經過平常散步的公園，安娜就在我懷裡，吐了一口氣，走了。

原來生命的結束，這麼安靜，暖融融的小東西，剎那之間，放鬆了，僵了。不動了。

怎麼可能？怎麼可能！

我們母女兩人在車子裡哭起來。

我大聲叫她……安娜聽不見了。

我們沒有去急診，帶她回家。沙發上還有她的餘溫，盤子裡還有她昨天碰都沒碰的食物。

我實在回想不出在最後的四十八小時，有什麼蛛絲馬跡，預告她的離去。

工作上每天都要面對病痛死亡的女兒，哭得眼睛又紅又腫，沒法說話。

我們流著眼淚，為安娜洗澡。她冰冷的身體在溫水下，彷彿有了溫度。我們輕輕地替她把毛吹乾，這是她以前最討厭的。不再抗拒逃跑的安娜，一身梳好吹乾之後鬆白的長毛，好美的小寶貝。

我不知道怎麼安慰無法安慰的女兒。我不知道怎麼向一隻狗告別。

總得做點什麼吧：「我來唸經吧，讓安娜一路好走。」

唸什麼經呢？能替狗念經嗎？

為什麼不能？

我記得家裡書架上有一本心經。記不得是誰給我的。我從來沒有打開來過。

就唸心經吧。

我擦了擦經本上的灰，一字一字的也唸，因為不熟，唸起來結結巴巴的。唸了三遍。

唸著唸著，忽然覺得安娜是自己決定要走的。

要在我離開之前，離開。

不要淪為小主人無法兼顧的累贅。不要讓小主人孤伶伶一個人面對她的離開。

是她感受到了我臨行前的焦慮？還是我在安慰自己？但是這個悲哀的巧合，讓我無法不為之感動。

「度一切苦難……」

我怎麼也想不到，我會為一隻狗唸經。

忽然覺得安娜何嘗不是一個，陪了小主人十七年的小菩薩？教會一個長大了的小女孩，什麼是永遠，什麼是無常。教會我們什麼是愛。愛是付出，是責任，是負擔，是牽絆。

愛也是放手。也是離開。選在冬天離開，因為就像那首英文歌說的「在春天死亡太悲傷了……」。選在一個雨天離開，這樣就分不清是臉上是雨水還是淚水……

也因為安娜，我把那本心經放進了行李。沒想到竟然因此陪伴我渡過了接下來，上海的隔離和封城。唸經給安娜時的嗑嗑巴巴，已經成了我在任何時候任何地方，想要安靜冥想的默念法寶。

把心經打開，帶著心經上路，是安娜送給我的禮物。

眼淚之後，再想起安娜，我們只記得她曾經帶給我們的快樂回憶。所有安娜出現的照片，照片裡的我們都是開心的。

大半年過去了，我又回到比利時的家裡。這一次回家，沒有安娜來迎接我們了。

出門總會碰到別的狗，每一隻狗都是主人的寶貝，每一隻狗都有安娜的影子。萬物皆有情。這也是安娜教會我們的。

女兒的小公寓裡，書桌旁還留著安娜的睡墊。彷彿為她隨時都會回來準備似的。

我偶然地在書店裡的書架上，看到比利時最有名的一隻狗——《丁丁歷險記》裡的小白狗米魯，大小像隻真的狗一樣。我不知道是用來裝飾的，還是可以出售的玩偶。

「是送給一個小朋友嗎？可惜只有一隻，我們沒有它原來的禮盒了。」店員回答我。

「沒關係沒關係，我可以直接抱走……」

抱著米魯走出書店，我忽然懂了。《丁丁歷險記》裡的主角不是米魯，但是絕對有一隻小白狗，是作者 Hergé 童年裡的主角。

我要送的小朋友已經長大了。再包裝精美的禮盒，也留不住她的童年。但是可以把毛茸茸的米魯帶回家，放在那張捨不得丟棄的老舊睡墊上，提醒她，她曾經是一個快樂的小女孩，擁有過一隻狗能給一個小女孩的，所有的，愛。

手機響了一下，我收到傳來的地址。夜已經深了，但是這不是一個平靜涼爽的夏夜，颱風軒嵐諾的威力正在增強，風雨交加。

我立即出發，穿過大直的自強隧道左轉，往陽明山的方向。車子的雨刷忙碌地左右來回，規則地彷彿是狂風暴雨中的節拍器……也許是和雨刷共振的效應，我覺得自己紊亂急促的心跳也規則起來，一、二、一、二……沒有剛才那麼慌亂了。

路上沒有別的車輛，誰會在颱風深夜出門？況且還是上陽明山。一路蜿蜒上山的夜景，在風雨中像是一段倒帶的影片，隨著今晚發生的事情在我腦海裡重播。

其實我的重播影片，是從今晚的一個直播節目開始的……

《文茜世界週報》十七週年的直播，晚上七點到九點。直播開始的時候我剛好找到一個停車位，雨勢正大，跑來跑去忙了一天，我有些累了，索性熄了火，在車子裡打開手機聽將起來。

我嚇了一跳，陳文茜是坐在床上進行直播的。發生什麼事了？她為什麼會坐在床上？

負責導言的主持人稍微解釋了一下，因為她的身體不適，今天只能勉強這樣進行直播。文茜自己說：「躺在床上不會不禮貌，反而是滿真實的，對不對？」她四兩撥千斤地輕描淡寫，讓人莞爾，是啊！我想起《In bed with Madonna》那部紀錄片裡，汗流浹背的全方位賣力演出，令人眼花撩亂的剪輯，令人麻木的 sex、show、ego……

好辛苦的瑪丹娜。

好簡單的《In bed with Sisy》。

文茜不用搔首弄姿，不需寬衣解帶，不必賣弄性感，不靠什麼花俏的剪輯，她只是一動不動——因為她根本動不了——在床上坐著，侃侃而談，就可以搞定兩個小時的直播。

連音樂都沒有。

她不需要包裝。這是我看過最環保減碳的陽春直播。

她不在乎。

或者該說她在乎的不是她的形象，她不需要辛苦的維護一個人設。她的毫不在乎裡，有一種霸氣：床上也好，攝影棚也好，我就是我。

她對自己形象的自在隨意，和她準備世界週報的龜毛仔細，簡直是差了十萬八千里。

我在二〇一七年年初加入了《文茜世界週報》的團隊，所有人都警告我：聽說陳文茜工作起來很可怕！

如果可怕的定義是努力認真的話，Yes。

我的確見識到了「台灣最聰明的女人」是如何工作的：她也是最努力認真的。

即使是躺著。

十七年以來，每個星期六下午從四點到晚上十點，她要錄製四個小時的週報。對任何健康無虞的人而言，都是一場耗費體力的馬拉松。這是週報團隊唯一不會收到她簡訊的時段。不過你以為她星期六錄完節目，星期天就休息放空了？

地球在星期天停止暖化嗎？烏克蘭戰爭在星期天休兵放假嗎？星期天難民就不是難民了嗎？

星期六深夜錄完週報立刻歸零。但是星期天這個世界繼續運轉。我們常常在星期天就收到下週的週報題目。運氣好的——其實與運氣無關，只是因為文茜還沒決定——可以等到週一或週二。但是週報是一個滾動的新聞節目：只有變化。

她分稿、換稿、抽稿、調稿毫不客氣。沒有人敢跟文茜討價還價。

難道她可以和自己的身體討價還價？

而且別以為她就是丟個題目給你而已：她把有關的資料線索，相關新聞一股腦都給你，如果事情真的很大條，她還會電話指導：歷史脈絡，地緣背景……換句話說，她和你一起寫作業，準備考試。

交了功課，完事了？可以這麼說。但是文茜才開始修改，刪減，補充……

我們每個人寫自己的功課，她得梳理所有人的作業，然後才能開始馬拉松的錄製。

日復一日，周而復始。

這一刻不得已坐在床上進行直播的她，是一個工作上的鐵娘子。

而且她雖然人在台灣，卻活在歐洲的時區裡。常常是台灣夜深了，她打來給我剛好是歐洲的傍晚。那就是我一個人獨享的文茜直播，我想她也是像今晚直播一樣，躺在床上，用她最不痛苦的姿勢，告訴我她為什麼選擇這個或那個主題，為什麼值得台灣關注。她傲視群雄的從政經驗，讓她比大部分的媒體人，或學者專家，在分析與解讀國際局勢的時候，多了一層罕見的，親身實戰的歷練與通透。

她也會為了無法苟同台灣島內的政治亂象而義憤填膺，嗤之以鼻，仰天長嘆。但是以她難逢敵手的尖銳與犀利，她卻從不口出惡言，絕不人身攻擊，我覺得這是來自她外祖父母，溫柔敦厚的家教。即使切身經歷了二二八的碾壓，即使傷痕累累，她寧可優雅前行，以冷靜和高度俯瞰紅塵，用理智和包容回應冤冤相報的悲情輪迴。

Last but not least，我們當然也東南西北的閒聊，她的旅遊夢想、她正在寫的書、她報復病痛的冰淇淋大餐，台北的小道消息、各方八卦、嘻嘻哈哈的特別紓壓。

然後我們互道晚安，她熄燈就寢，我準備晚餐。

無論是面對觀眾的 Youtube 直播，還是我們的深夜閒談，她都是她，可以任性活潑，精靈古怪，也可以深入淺出，論天下事。這個「台灣最聰明的女人」，同時也是一個「台灣最可愛有趣的女孩」。

讓你幾乎忘了她一身都是病痛。

她戰勝自己病痛的唯一偏方，就是笑傲以待。以她做世界週報的認真與堅持，努力的快樂著。

所以當她在我臨上飛機前，說：「妳可不可以利用飛行的時間，多寫一篇？」

你能拒絕嗎？因為這是她唯一的堅持，對週報的堅持。能拒絕陳文茜的人，還沒出生……

你只能努力達標，然後知道你也是這份堅持裡的一個小螺絲釘。我願意，我可以。我盡力。

而且我沒有苦纏文茜一身的病痛。

我看著她躺在床上的直播，她熟悉的聲音裡有一抹鼻音，講話的節奏藏不住她的微喘。天啊，她要講兩個小時。希望她可以撐完這場直播。

她一定會撐完這場直播。

晚上八點四十五分。我的手機響了，打斷了直播。

與媽媽同住的弟弟全家確診，包括照顧媽媽的外勞莎莎，高齡的媽媽因為腹膜炎才剛出院……

我一下子慌了。我關掉直播，深呼吸一口氣。媽媽八十多歲了，按理可以領取Paxlovid。我迅速聯絡診所，提供資料……

「診所九點半關門，妳可以趕得到嗎？」

已經九點九分了。我重新發動車子，開往指定的診所。我剛從比利時回到台北，昨天才完成三天隔離，還不能去看復原中虛弱的媽媽。

雨越來越大，我好害怕。

九點二十九分，我拿到了藥，給媽媽送去。在大雨中回到家，驚魂甫定。

打開電腦，文茜的直播已經結束了。明天再接著看吧。

重點是她堅持到最後，我不知道她是怎麼撐完整整兩個小時的。

我發了一個簡訊給她：「看了妳的抱病直播，除了佩服感動，也很心疼，好好休息，明天還要錄影。」

幾分鐘後，她打來。

「妳怎麼還沒睡？」我很驚訝，已經快十二點了。

「妳怎麼看得出來我抱病直播？」她反問我。

「妳聲音一開始就有點喘。」

她稍微解釋了一下。我不想讓她再多說話，我說你趕快休息吧。

「妳爸媽都好？」她周到的問。

我嘆口氣，告訴她她在聽直播的時候，得知媽媽周圍的人全都確診。但是我已經按照SOP，拿到藥了……

「好，妳不要浪費時間，」她打斷我：「妳現在就來我家，我給妳幾份增加免疫力的草茶，馬上給媽媽和莎莎喝。我把地址傳給妳。」

說完就把電話掛了。這是文茜第一次掛我電話。

我愣住了。她已經筋疲力盡了，她還要為我準備抗疫茶？

我望著手機螢幕上跳出來的陽明山地址。

我甚至來不及拒絕，來不及道謝。就像她在我登機前，要我加稿一樣的霸道。

於是我在風雨中上了山。只怕讓文茜等我。希望她千萬別等我。我們不能見面，她沒法打疫苗，只能把自己隔離在家裡。心繫全世界，關注國際局勢的文茜，只能從她美麗的牢籠裡，幾乎是與世隔離地，為這個世界把脈。

文茜的管家馬小姐把準備好的一整袋草茶，交給我。我兩手空空，什麼也沒帶，卻握著文茜熾熱的關心，滿載而歸。

回到家已經凌晨一點半了，我希望她已經睡了，明天再謝謝她吧。

兩點零六分，文茜的簡訊：「不好意思，我本來要下去打招呼，但我正在洗澡。」

有沒有搞錯？說不好意思的居然是她！

這就是直播裡的陳文茜。優雅，直接，又真實可愛。

我不知道要怎麼謝謝她。我不是陳文茜，我沒有她兩三個字四兩撥千斤的功力。

坦白說，我打賭她根本不在乎。但是我在乎。

我也知道她會說什麼：「妳太客氣了。」

然後她就會接著說：「妳這個星期可不可以寫……」

Forever Sisy。

因為張愛玲

我才來上海不到兩年，算是上海的新鮮人。但是總覺得自己認識這個城市一輩子了。

因為張愛玲。

我是那種小時候從來沒有玩過洋娃娃的女生。好像也沒有要求過。記憶裡收到過的生日禮物有：俠盜亞森羅平全集、收音機、溜冰鞋、羽毛拍、腳踏車……就是沒有洋娃娃。

一直到上大學，才從十多年來的制服書包與齊耳短髮的框框中解放出來，忙不迭地張羅重新獲得頭髮主權之後的各種髮型實驗，以及笨拙地享受不必穿制服之後，一下子令人頭昏眼花的青春。

管你念的是哪個大學哪個科系，所有女孩最有興趣的兩件事：穿衣服和談戀愛，就是沒有人教。

好在有張愛玲。年紀輕輕的十五二十歲，哪能讀懂張愛玲筆下一層又一層的人生？但是那個既華麗又滄桑的時代，那些白紙黑字裡鮮豔的錦衣彩緞，總讓我似懂非懂又十分著迷。少女期待的戀愛還沒有開始，卻清清楚楚地記得她對穿著的句子：「生命是一襲華美的袍，爬滿了蚤子。」

過了大半輩子，沒想到真的來到上海。魔都上海的確是名不虛傳，璀璨奪目的東方之珠。但是我總是忍不住在光鮮亮麗的現代外表之下，拼湊尋找那個曾經在文字裡讓我嚮往的上海。

不可能不想起張愛玲。

已經過了談戀愛的年紀。不過還是對穿衣服，充滿興趣。雖然也學會了和自己的身材外貌和平相處（不然怎麼辦呢？），但是更喜歡看別人打扮。我對上海那些包裝鮮豔搶眼的華麗櫥窗，無動於衷，我更愛看精心打扮或是穿著隨意的上海人。就像徐志摩甘心化身為康河柔波里的一條水草，我樂為漫步於街頭的一名觀眾，享受大街小巷都是時尚伸展台的上海。

在我每天都會經過的，浦西南昌路上一家精緻的小店，櫥窗上就寫著張愛玲的句子：「對於不會說話的人，衣服是一種語言，隨身帶著的一種袖珍戲劇。」

每次都要停下來，確定這家店還在，這句話還在。

只是時代變了，這是一個大家都用品牌說話的時代。我不確定張愛玲如果活到今天，會是個網紅的帶貨女王。她說過「在亂世，人們沒有能力改變生活，他們只能創造貼身的環境，那就是衣服。每個人都住在各自的衣服裡。」

然而到底是「住在各自的衣服裡」，還是「住在貼滿名牌的包裝裡」？總讓我想起莎士比亞《羅密歐與朱麗葉》裡的一句話：「A rose by any other name would smell as sweet.」，意思是：一朵玫瑰花，即使換了名字，氣味一樣香甜。

拿下名牌 Logo，還看得到自己嗎？撕掉價格標籤，自己還值幾斤幾兩？

穿自己的衣服。自在，任性做自己才是王道。這才是張愛玲的穿衣哲學。

張愛玲衣著裝扮非常大膽時尚，旗袍外面罩短襖便是她當時顛覆時尚三觀的獨創。在顏色的搭配上，諸如檸檬黃、大紅、蔥綠、桃紅、民國藍都是她酷愛的顏色。從她小說的文字裡就可以一窺其二，不難想像，她本人如此鮮明衝撞的反差配色，再加上出奇的款式，不論是何等驚人，或是驚豔，結果都是同樣令人目不轉睛的戲劇張力與舞台效果。她不在乎別人對她的衣著指指點點，她依然我行我素。

衣服是張愛玲在文字以外的第二種語言，她就是她自己隨身直播袖珍戲劇。

明天是聖誕夜。當年張愛玲曾經流連的霞飛路，是現在依然人車熙攘川流不息的淮海路，斑斑駁駁的梧桐樹幾乎已經枯葉落盡，一陣寒風，路上的行人都不自覺的束緊了大衣圍巾。大樓前一棵棵競相爭豔光彩奪目的聖誕樹。一間書店裡，正擺著紀念張愛玲百年誕辰的書籍，大門口，是一張她的側身剪影海報。

她嫣然回首，垂眼冷看紅塵。在眼前熱鬧光鮮的淮海路，與文字裡歲月靜好的霞飛路之間，我想念張愛玲。

忽然懂了。

青澀年少時，只看到張愛玲華麗的文字鋪陳，只對穿衣服和談戀愛著迷。這是人生的糖衣、是漂浮在歲月之河，大江大海表面的浪花。

繞了大半個地球，經歷了大半輩子，重讀張愛玲，才赫然理解她寫的不只是愛情，不只是華美的衣裳，而是爬滿了蚤子的生命。只有最華麗鮮豔的文字，才能襯托出最複雜糾結的人性，才能梳理出最殘酷無情的人世滄桑。

二〇二〇，何嘗不是所有人的「傾城之戀」？

一場疫情，讓世界毫無預警，在瞬間崩壞。比《傾城之戀》裡戰爭炮火下的警報聲，更令人措手不及。不僅破壞了全球產業鏈，讓大國博弈重新洗牌，也打亂了所有人的工作計劃，假期旅遊，婚喪嫁娶，求學搬遷……，無處可逃，無一倖免。戴上口罩，像是進入一個新的空間維度，每個人都是一個孤島。

這個世界崩塌了，我們只剩下相依為命的彼此：家人，父母，兒女。

平安就是福。寫在平安夜的前夕，緬懷百年孤絕的張愛玲，也標記這驚心動魄的二〇二〇。

來不及說再見

有誰沒有丟過東西？尤其是心愛的東西？

美國的達拉斯早報報導了一則小故事。一個兩歲的小男孩哈根·戴維斯（Hagen Davis），在一趟美國西南航空（Southwest Airline）從加州飛往德州的航班上，丟了一件玩具。但是當哈根的父母發現他最最最心愛的玩偶——《玩具總動員》裡的巴斯光年——不見的時候，他們全家早就已經在租車裡，離機場很遠了。

要怎麼安慰一個丟了寶貝的兩歲男娃娃？

再買一個？即使玩具店裡不缺貨，但只有那個丟了的巴斯光年的腳上，寫了哈根的名字。就像《玩具總動員》的小主人 Andy 一樣。哈根的媽媽只好想盡辦法安慰他，哄他說巴斯光年去外太空執行任務了。

沒想到一周之後，戴維斯全家收到了一個包裹，打開一看，裡面竟然是那個腳上寫有哈根名字的巴斯光年！

包裹裡面還有好幾張巴斯光年在達拉斯機場、飛機跑道上，和飛機駕駛座上人物的照片。

而且還有一封巴斯光年手寫的信：

致哈根指揮官：

我很高興在完成任務後回到你身邊。

在我離開期間，我探索了阿肯色州小石城的機場和航站，附上我的冒險照片。

我的旅途給我帶來了很多啟發，但我非常感恩能回到我的好夥伴身邊。

飛向宇宙，浩瀚無垠！

你的哥兒們　巴斯光年

即使飛機降落在達拉斯，但一直到後來在阿肯色州小石城進行清潔時，機組人員才發現了玩具。西南航空還發布了一個由哈根媽媽提供的影片：哈根打開了包裹，他驚喜的笑了。

哈根的媽媽在臉書上衷心感謝西南航空：「他們為哈根所投入的心思和關注超乎想像，這將是他會永遠珍惜的寶貴記憶，也是他長大後，將會分享的一個非常酷的故事。」

看完這個故事，我想你會和我一樣，微笑。

感謝這個世界還有這樣溫柔敦厚的大人。也許那位在機艙上拾獲了巴斯光年的工作人員，小時候也玩過巴斯光年。或者，他也有一段丟過心愛玩具的傷心記憶。

如果每個大人，都可以記得自己也曾經是那個小時候傷心失望的小男孩小女孩，這個世界應該會很不一樣。

我自慚不如哈根媽媽，因為我也曾經不知道如何安慰丟了一個小玩偶的孩子，不知道如何解釋一隻離家出走再也沒有回來的貓咪……除了責怪自己不小心之外，束手無策。

有誰沒有丟過東西？尤其是心愛的東西？

有時候往往是東西丟了，才發現原來是心愛的寶貝。

有時候不是一樣東西，是一個人。

那些我們來不及告別就消失的人……親人、朋友、愛人。新冠疫情大流行的震撼，讓許多人經歷了疫情之前無法想像的生離死別。那些孤獨離世的患者，那些沒法舉行的葬禮，那些淪為死亡數據的生命。

但是比面對疫情死亡更痛苦的，是毫無準備的意外。是原來說好了下次什麼時候見面，卻沒有了下次。是約好再見卻天人永絕。

是一家大小，親朋好友，男女情侶，開開心心地趁著春假出門旅遊，卻天外飛來橫禍，幾秒鐘之內，生命終止在一條沒有盡頭的死亡隧道裡。

我沒有認識的朋友在這輛死亡火車上。但是這是一班幾乎所有台灣人都坐過的火車。

四月四日，是台灣的兒童節，那輛還困在隧道裡的台鐵火車，上面有許多因為春假和爸媽一起出遊的小朋友。

沒有言語可以安慰那些在這場意外車禍裡，失去了親人的家屬。只能想像他們是去了外太空，一趟遙遠無期，浩瀚無垠的旅程。是為記。

——寫於二〇二一年四月四日 台鐵太魯閣號列車出軌事件之後

早秋的味道

搬到上海轉眼已經一年半多了，但這是我們在這裡的第一個十月。

去年的十月假期，我們離開上海回歐洲打掃家裡，看孩子。再回來，已經是滿地梧桐葉的深秋。

今年是我們和上海的早秋，初次相遇。

這場邂逅是毫無警覺怦然乍到的。不知不覺天氣變得涼爽了，浦西的梧桐依然綠意蕩漾，但是一陣陣微風，吹得滿樹梧桐葉得得瑟瑟，總得再好好美上一陣才甘心枯黃落地。

忽然，微風裡有一股香。安靜無聲卻不容懷疑。

桂花！

原來不是一葉知秋。是一香催秋！

這麼細小易碎的花朵，一碰就散的脆弱，竟然可以發動如此濃烈強大的香味狙擊戰，令人只能閉上眼睛，心甘情願地被佔領，被征服。

任你嚐遍了桂花蜜、桂花酒、桂花糕……哪裡比得上還在枝頭瀟灑放肆的桂花香。

白色的花總是特別神祕，沒有了五顏六色的花俏，香味是它們唯一的吸引力。但是比起濃郁到可以賣錢的玉蘭，可以泡茶的茉莉，桂花更像是不受約束不被俘虜的小精靈，花的世界裡唯一小到可以隨風飄揚的花瓣，比「疏影橫斜水清淺，暗香浮動月黃昏」裡，梅花孤傲的一枝獨秀更要自由隨性，輕巧纖細。

十月的桂花讓我想起日本早春的櫻花。櫻花季是一場溫柔又瘋狂的風暴，沒有聲音，但是也沒有味道。

櫻花可以任你入鏡打卡，我拍故我在的刷存在感，櫻花有多粉多嫩，自拍就有多疲乏多氾濫。

桂花嫣然不依。

順我者香，逆我者茫。任憑你是蘋果萊卡都拍不著的香。

二維碼掃不到，淘寶買不著，香奈兒也鎖不住的霸道。

除了摘下口罩，好好吸上一大口，把香味牢牢地吞進肺裡。然後沉醉，微笑。

新冠病毒隔離了整個世界，卻關不住桂花香。得疫苗者得天下，但是疫苗還沒問世，桂花已經香滿天下。

其實遠在比利時的家裡，也有兩棵桂花。三年前買回來的時候，是種植在花盆裡的室內植物。被我們小心翼翼地放在家裡最好的位置，雖然不缺陽光，但卻是隔著落地窗，入秋後曬不暖的陽光。這兩棵桂花是在夏天裡開花，雖然不多，但是也足夠讓家裡瀰漫著一股淡淡的桂花香。被我們珍貴地當成寶貝，不論是枝頭上的還是掉在地上的，全都被我們珍惜地撿起來，收在小絲袋裡，全家一人一小袋。像是我們的平安福袋。

後來知道要來上海，怕留在家裡的兩棵桂花沒人照顧，放在盆子裡過不了冬。臨走前的最後一個週末，狠下心，挖了兩個樹坑，把它們移到花園裡。根本不是歐洲一般植苗種樹的深秋十一月，能不能活，實在不好說。有一種讓它們自生自滅的抱歉。

去年聖誕節回去，院子一片凋零，但是這兩棵桂花，除了掉了一些葉子，看起來像是熬過去了。

今年沒有辦法回家。偶爾傳來桂花的消息，似乎是別來無恙。平安度過春天，夏天裡還開了一些花。

沒想到會在上海被桂花香包圍。在車水馬龍交通繁忙的馬路上，在所有小龍蝦生煎包黃魚蟹粉鮮肉月餅的滬系美味圍攻下，桂花依然是十里洋場的紅塵裡，中秋節安靜固執的清香。

就像媽媽，我的婆婆，桂芳。三年前，她走得太突然，我們來不及趕回來。今年四月，因為疫情，即使人在上海，也沒法回去掃墓。

媽媽就是媽媽。總是在你意想不到的時候，溫柔的擁抱你。

就像早秋的桂花，原來是媽媽的味道，想念的味道。

80天13小時59分46秒

還記得上回，你一個人清醒的獨處，是多長的時間？是一個人進了電梯關上門之後，五樓十樓二十樓的數十秒鐘？是每天例行入廁的幾分鐘？還是某個深夜單獨在路邊等車——或等不到車——的一刻鐘半點鐘？還是單身貴族的星期假日，選擇一個人不出門也不約朋友上門的貓式週末？

這些是每個人都經歷過的，日常生活中的獨處經驗，不論是片刻之間還是整整一兩天，都是有選擇的，只要按下按鈕，打開電梯門廁所門家門，就可以立刻回到人氣滾滾的江湖紅塵。

一直到新冠疫情讓「獨處」有了新的定義：隔離。

七天、十四天、二十一天……隔離不是選擇，是逃不過的必須。沒有經歷過的人望之卻步，經歷過的人心有餘悸。當整個世界縮小到只剩下一個房間，只剩下自己，才知道原來我們這麼害怕與自己面對面。

不過天地之間也有一群人，他們嚮往孤獨，但不是冥想靜坐深山閉關的那種孤獨。他們不是普通人，他們是生於陸地卻夢想海洋的水手冒險家。他們也不同於一般的遠洋船員，而是形單影隻的航海家。他們的想摘的月亮不在天上，而是在一望無際的汪洋大海上，追求乘風破浪，挑戰驚濤駭浪，唯我獨舟的痛快淋漓。各顯身手，看誰能在最短的時間內，完成一葉孤舟環繞地球一周的瘋狂。

這場航海大賽叫做「旺代單人不靠岸航海賽」（Vendée Globe），是一個單人航海環繞地球一周的帆船比賽，出發之後不得靠岸，無幫手，不間斷。這場比賽創立於一九八九年，自一九九二年以來每四年舉辦一次。

參賽帆船從法國大西洋岸的一個海港（Les Sables d'Olonne）啟航，駛向非洲海岸，途經好望角，環繞南極大陸，跨越南美洲最南端的合恩角（Cape Horn），最後返回原來出發的海港。在大約四個月時間裡，獨自航行兩萬六千海哩，只能經由衛星電話及電子郵箱來聯絡：無論科技如何先進，海浪風暴還是威力依舊，危險不減。每屆比賽至少會有百分之三十的選手在中途因各種事故退出。是人類對身心極限的挑戰。

這是被公認為世界上最艱難的航海賽，但也是最簡單的比賽，沒有復雜的賽制和規則：一個人，一條船，航海環繞地球。在長達四個月的時間裡，不能靠岸，不能接受任何援助，不但要面對精神上的孤獨，還要接受風暴、洋流等極限海洋狀況所帶來的體能考驗，只有極其頑強的人才能完成。從一九八九年到現在，全世界完成比賽的人，號稱比去過外太空的人還少。

而且這是一場沒有觀眾的比賽。其他運動明星，不論是足球網球排球桌球，不但有球場裡成千上萬的觀眾，還有賽后場外的粉絲團。贏了為你歡呼狂喊，輸了為你加油打氣，在汗水與淚水中陪伴，在勝利與失敗中相隨。而這些都與旺代航海賽的選手無關，或者該說，這都距離他們太遙遠。

你可以說這些隻身單挑大海的選手，是賭徒。但我覺得他們更像是金融市場的分析師。是選擇繞遠一點，但是可以快一點？還是採取更直接的路線，但速度慢些？像專業的股票交易一樣，他們同樣希望低進高出。他們根據衛星氣象，仔細模擬不同的路線，但無論哪種方式，沒有其他人能替他做決定，一旦下錯注，被套牢了，是被困在一個狂風暴雨的颱風圈裡？還是無雲無風寸步難行的平靜？沒有旁人能償還他們的債務：他們得自己想辦法走出問題圈，繼續趕路。

我不懂航海，也談不上特別嚮往海洋，但是我對於這些航海選手忍受（享受！）孤獨的耐力，既好奇又著迷。我們的時代，是一個沒有空檔沒有留白的時代，資訊爆炸，無邊無際，高科技產品層出不窮，技術革新令人眼花繚亂。我們追著時間跑，填滿所有空隙，進化的結果是停不下來的又忙又滿。

沒有人還記得怎麼發呆。

然而在他們長達四個月的孤獨裡，只有問號。分分秒秒無止境的問號：路線？風向？速度？船能不能挺住？我能不能睡上一會兒？

只有一個答案：活著完成航行。

不過既然是場比賽，除了要安然無恙的重新踏上陸地，誰不想贏？

二〇二〇年十一月八日啟航出發的這一屆航賽，卻破天荒的寫下了航海史上的第一遭：最先航行完全程，抵達返陸的不是贏家。

法國選手雅尼克·貝斯塔文（Yannick Bestaven）於二〇二一年一月二十八日星期四，越過終點線，卻以第三名的身分被宣布完勝，成為這一屆的冠軍。他的成績是80天13小時59分46秒，比第一位越過終點線的選手，整整晚了七小時二十八分，比第二位晚了三小時二十二分之久。

這是怎麼回事？

因為主辦單位決定，從貝斯塔文的時間紀錄裡，扣掉十小時十五分，這是他途中放棄比賽路線，繞道去救一位在南非好望角外海，落難對手所花的時間。凱文·埃斯科菲耶（Kevin Escoffier）的船，被巨浪劈成兩半之後沉沒了，他被迫在最後一刻棄船跳海求生，在僅有的救生艇上漂流。雅尼克獲知後，沒有糾結猶豫，立刻轉向繞道前往救援。

這是雅尼克準備了十二年的比賽，可以說是他一生僅僅一次的比賽，當下他絕對沒有想到，救援所花的時間後來會被扣除。他當然更沒有想到，他居然會是今年的冠軍。

這是一場沒有觀眾，沒有轉播，沒有流量，沒有宣傳，沒有知名運動品牌贊助，沒有熱銷紀念品的比賽。是一場都不需要以上這些商業包裝的比賽。你從來不曾聽過勝利者的名字，你也肯定不會記住他的名字。除了在這個航海的小圈圈裡，他不是什麼明星，更遑論什麼知名度。

重點是我想他也不在乎。

他花了十二年的時間，從短距離的航行開始，從替其他資深的航海選手打工跑腿開始，一天天一點點的累積，為自己爭取到足夠的資金和條件參賽。顯然不是為了上述這些商業利益，顯然不是為了十五萬歐元的冠軍獎金——因為沒有人知道自己是否能夠走完全程，平安歸來。

這當然是一場有對手有勝負的比賽，經歷過的選手都說，這更是一場自己與自己的比賽。環繞地球的航行，是一趟內心的旅程。

正是因為面對自己，同樣是在大海風浪裡小心翼翼且戰且走的脆弱生命，同樣是要活下去完成航行全程的頑強韌性，同樣是赤裸裸，孤零零的一條命。怎能見死不救？

這不是「旺代單人不靠岸航海賽」嗎？沒有幫手也不能靠岸。四個月的孤獨。但是遇難時，有人願意，冒著自己的生命危險前來搭救，生死相依的信任，夫復何言？

事後他只是簡單地說：「我不能想像我們回來的人，比出發的時候少了一個人。」沒說別的，一個可以八十天自言自語的人，這幾個字已經很多了。

如此簡單，如此強大，如此感人。

最重要的不是拿第一，而是堅持到底。只要不放棄，就是勝利。

每個人都有自己的「旺代單人不靠岸航海賽」。起了錨，出了港，揚開帆，就只能向前，晴空萬里一如狂風暴雨，順風逆風都得迎上。外在說變就變的環境，正如海上瞬息萬變的風雲，難以捉摸的氣象天候，淬煉考驗的都是同一個自己，不論是自言自語的鼓勵自己，還是自暴自棄的妄自菲薄，走得下去與走不下去，只有自己說了算，結算付清只能自己買單。

怎麼搞的？居然把一場氣勢磅礴的環球航海賽，寫成了一鍋心靈雞湯。

就要過年了，很多人不能回家團圓，喝口雞湯，補補身子又何妨？

牛年，總要寫個牛逼的故事。祝大家都是「旺代單人不靠岸航海賽」個人版的勇士。

後記

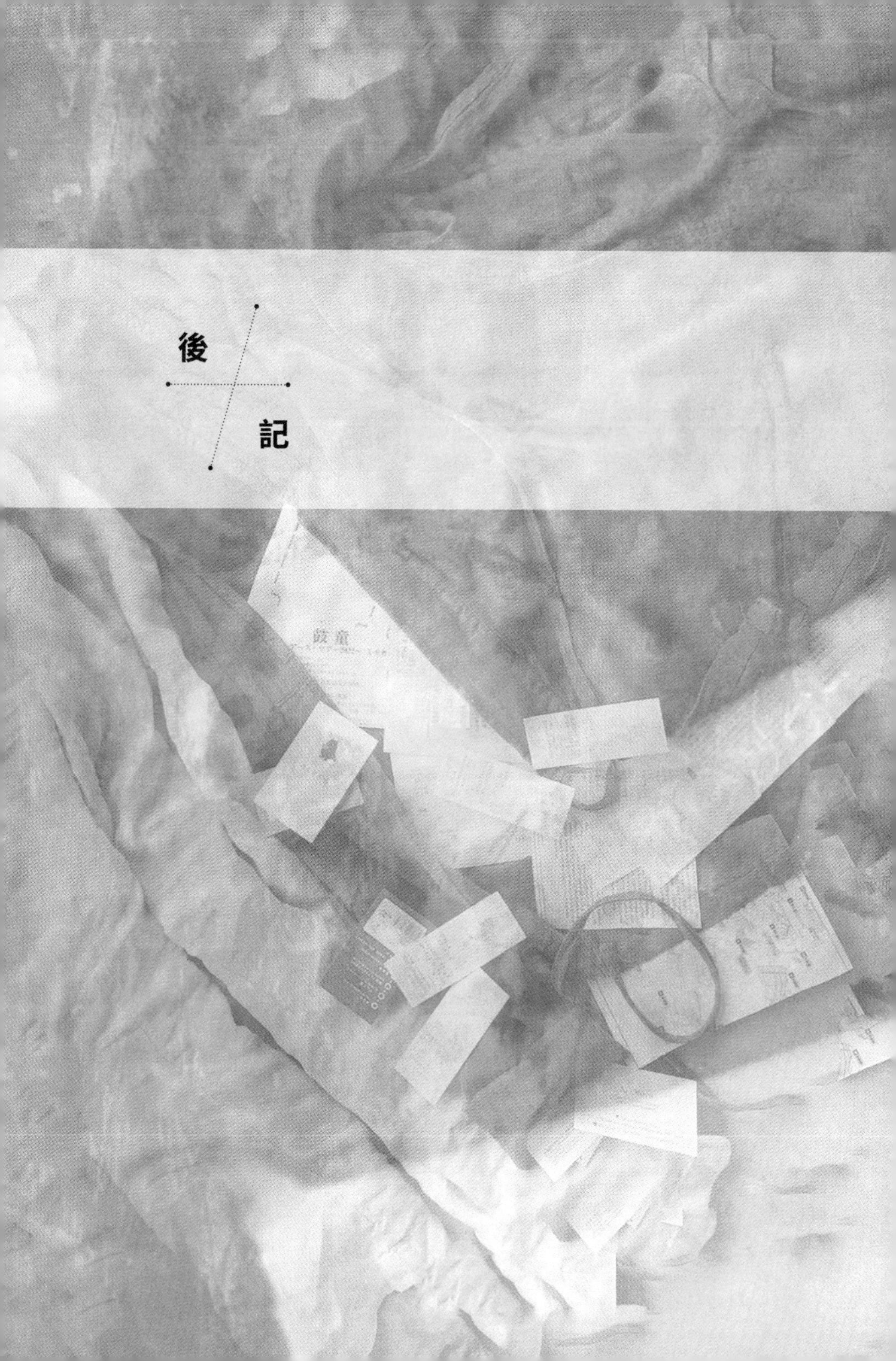

落葉歸根

糟糕，想不起來剛才把車停在哪裡了。

手機響了一下。跳出來一張照片。

是那個圓鼓鼓的背包，靠著玻璃放在一張長桌上，背景是樓下桃園機場第二航廈的出境大廳。

我還沒找到車。手機又響了一下，再蹦出來一張照片。這一次，背包前多了杯白葡萄酒。

和一則簡訊：「來杯酒，壯行！」

啊……他們已經順利通過了安檢和海關，到了貴賓休息室。

是的，「他們」。拍照傳簡訊是我的先生。他不是來台灣旅遊的。他是來幫我完成任務的。

帶爸爸回徐州。

他的背包裡裝的不是電腦。是爸爸。

這是爸爸生前就決定的：他要回老家。他不知道自己生命什麼時候結束，但是他選擇了自己生命的終點。

不是台灣。不是他打拼了大半輩子的宜蘭縣羅東鎮。

是一個十幾年前，他在徐州老家附近，為爺爺奶奶重新修的墓園。他花了好大的力氣，買了一大塊石坡地，花了整整兩三年填土種樹，硬是把寸草不生的石頭山，整理成一個綠意盎然的墓園。但是沒想到墓園才剛修好，就被規劃成徐州高鐵站的周邊範圍，在二〇一〇年上海世博會高鐵通車之前，就被拆了。

他辛辛苦苦的努力，就這麼化為烏有。他沒有抱怨，反而慶幸墓園被改建成了高鐵站旁邊的公園。他不願意再驚動爺爺奶奶：「他們就留在公園裡，也挺好的。」

他要回到他的父母身邊。那個高鐵站旁邊，山丘上的小公園。

落葉歸根。

但是怎麼帶他回去呢？骨灰罈太重，我揹不動。而且訂不到台北直飛上海的班機，更遑論下了飛機，入境中國大陸還得隔離八天。

「我來台灣帶爸爸回家吧。」我的先生主動提議。

除了他，也沒有別人能幫我。

於是他趁著十一月初到新加坡開完會，要轉往首爾出差之前，特別經過台灣來帶爸爸。

「爸爸去過首爾嗎？就當成是我帶爸爸先去韓國旅遊三天，然後再從首爾回上海。」他這麼說。

他願意抱著爸爸去出差……但是，爸爸願意跟著他去首爾開會嗎？

爸爸願意。毫不猶疑地給我一個聖筊。

然後再轉飛上海，和女婿一起隔離嗎？

「我們兩個男生一起隔離也比較方便。」……爸爸應該會是一個安靜的室友。

又是一個聖筊。

我必須承認，我真的沒料到，自從爸爸走了之後，我和爸爸的溝通……怎麼說呢？一下子簡單輕鬆很多。我不必再用寫的，或是打在電腦上放大給他看了。更不需要比手畫腳大呼小叫的怕他聽不見：我就是輕聲低語，他都聽得清清楚楚。

除非是我的問題不清不楚，否則他的回答絕不模糊。我們父女就這樣叮叮咚咚的一問一答，把一旁不知擲筊為何物的當事人——要負責帶爸爸去首爾旅遊的那位——看得目瞪口呆：「這這這也太太太……」

我微笑。是的。太神奇了。

我不意外爸爸願意到首爾玩一圈，再回大陸。我也不擔心他的女婿對他招待不周。不嫌麻煩，願意抱著老丈人一起單獨旅行的女婿，還真的是稀有動物。他何嘗不知道這是一件多麼沉重的任務。

一對聖筊敲定了行程，我先把爸爸請回家。讓弟弟妹妹來和爸爸告別。這是爸爸在台灣的最後一夜了。

第二天，我開著爸爸的 Mini Cooper，送他們去機場。這是爸爸最後一次坐他自己的車了。他當年是坐船來到了台灣，今天他要搭著飛機離開這個他生活了七十多年，成家立業，開枝散葉，卻不願意長眠於此的，島嶼。

是因為他的父母不在這座島上，所以這裡無法成為他的家？

還是因為這座島上越來越激烈的政治語言，他始終沒有學會的台灣話，逼得他自始至終只能是個外省人？

他為我們辛苦了一輩子，但我們不是他的家。他沒有為了我們，選擇留下。

爸爸離開了，那台灣以後還算我的家嗎？

在往機場的一路上，我腦袋裡滿是這些沒有擲筊問爸爸的問題。倒是我的先生抱著爸爸，不斷地指著窗外說：「爸爸，再走一次大直橋……要上高速公路了……再看一眼圓山大飯店……」

他會是個好導遊的。

到了機場，他抱著爸爸辦理 Check in。我們什麼也沒說。也不知道怎麼說。負責辦理登記的地勤小姐，看了一眼背包：「沒有托運行李？」

沒有。小的行李箱裡有他的電腦，也不能托運。

我們擔心的不是 Check in，而是安全檢查。安排爸爸火化的禮儀師蘇先生，知道我們會帶著爸爸離開台灣，就提早做了準備，沒有替骨灰罈封頂：「萬一他們真的要檢查的話。」

「檢查什麼？」我當時很驚訝，不明所以。

「骨灰和毒品很像啊。」

喔。

「先用膠帶封起來就好。」

所以我先生的任務，不只沈重，而且難以解釋。更何況要怎麼證明他和爸爸的關係？為什麼是他揹著骨灰罈？你太太呢？為什麼沒有一起？為什麼要帶著骨灰罈去首爾？在韓國停留幾天？

似乎偷渡毒品還比較合情合理。

於是在背包裡，我放進了爸爸的死亡證明和火化證書。這是台灣的安檢人員看得懂的中文文件。但是下一段行程呢？從首爾回上海，怎麼辦？韓國海關能接受嗎？

我放棄陪他們一起去首爾，不是我偷懶，是因為除了必須要辦韓國簽證之外，從韓國入境中國還要48小時的核酸陰性證明，檢測報告上還要表示ct值≧35。為此，他必須動員他的韓國同事，在會議的緊湊行程之外，特別安排到少數偏遠的醫院去做核酸檢測。勞師動眾，我們不好意思給同事再添麻煩。

還好爸爸不需要核酸報告。

過一關算一關吧。

就這樣，我七上八下地看著他們爺兒倆進了海關，卻一直不敢離開。我們約好要等他們過了安檢，我再離開。負責海關入口的人員看著我探頭探腦，鬼鬼祟祟的樣子：「不要擋在這裡！」

也不能怪他們，入口處還有一對難分難捨的情侶，他們看起來比較正常。我們分開前，我依依不捨一摸再摸的是那個背包。

等了好久，等到一則簡訊：「過了！」

我才鬆了一口氣。夢遊似的離開，走向停車場。

爸爸當年懵懵懂懂地上了到台灣的船，誰會想到最後竟然也是莫名其妙的上了要去首爾的飛機。

我也糊裡糊塗的忘了把車停在哪裡……

我一面找車，一面收到手機裡繼續傳來的照片：那杯葡萄酒之後，又多了一小盤地瓜。

啊，他還記得爸爸喜歡吃地瓜。

徐州有地瓜嗎？和台灣的一樣香甜嗎？

也不知道我這樣在停車場裡走了多久，終於看到那輛鮮豔的 Mini Cooper。我再看一眼手機上剛剛收到的照片，忍不住微笑。那個帶著爸爸離開的背包，也是一個印著一輛 Mini Cooper 的背包。當初買這個電腦背包送給老公的時候，真沒想到會有這樣的巧合。

開車回台北。就剩我一個人，好奇怪的感覺。如果我現在輕聲講話，爸爸還聽得到嗎？

幾個小時之後，台北的傍晚，我收到另一張照片：那個熟悉的背包，被放在一個拉上了窗簾的大房間裡的小桌上。

他們平安到達首爾了。肯定都累壞了。

第二天一早開始，我陸續收到其他的照片：大房間的窗簾打開了，空背包被放在單人沙發上，爸爸還是留在那張小桌上，面對著一面大窗戶，外面是首爾的秋天，一大片轉黃的銀杏樹。還有其他首爾街景的照片。天似乎已經涼了，街上的韓國人都已經穿起了大衣。他下榻的酒店離青瓦台很近，爸爸起碼看到首爾的地標了。

我也陸陸續續把這些照片發給女兒。要她們放心。爺爺已經順利抵達首爾了。比利時的雙胞胎小姐姐，馬上就回了：「哇！爺爺簡直是《艾蜜莉的異想世界》！」

哈哈哈哈，可不是嗎？小姐姐的一句話，讓我剎那間覺得事情不那麼悲催了，這麼曲折繞道也不再是滿心抱歉的折騰，這是爸爸的奇幻旅程！《艾蜜莉的異想世界》裡鬼靈精怪的女主角，為了要讓喪妻之後守著小花園寸步不離的老爸，出門旅遊散心，就一不做二不休地拔掉了爸爸最鍾愛的花園小矮人，然後把小矮人託付給一個當空姐的閨蜜，這位空姐就帶著小矮人在世界各地到處拍照留念，然後再把照片寄給搞不懂小矮人去了哪兒的，老爸爸。老爸爸受了小矮人的刺激，果然收拾行李，出門四處旅遊去了。

在京都的妹妹收到照片：「別忘了讓爺爺聽聽 K-pop！」

連背景音樂都有了！

於是我的老公開始執導一部 Road Movie：爸爸在酒店大廳熱鬧華麗的聖誕樹前，爸爸在酒店前留影，爸爸在車上，爸爸到了首爾機場……

再歡樂的喜劇電影，都得有些緊張劇情。爸爸的奇幻旅程也有個令人屏氣凝神的懸疑點：看不懂中文證件的，首爾機場海關。

我們事先推演的劇本是：如果真有質疑，就秀出骨灰罈上的刻字，和證明文件上的名字是一模一樣的。

最糟的劇本是：他們若真硬要打開骨灰罈……

阿彌陀佛。

我在台北緊張的無所適從。反倒是老公安慰我：「大不了我再帶爸爸回台灣。」

最後的結果是一個韓文劇本：「他們嘀嘀咕咕地講了一堆，我也聽不懂，安檢人員找來了領導，又是一陣嘀嘀咕咕，然後兩人拿著證件又找來一位領導……」老公電話裡這麼說。

一場沒有字幕的韓劇。

重點是最後所有人都站在他面前，看著他和爸爸這個奇怪的組合，然後把證件還給他：過！

謝天謝地！

半小時之後，收到一碗湯麵的照片：「先吃碗麵，壓壓驚！」

爸爸的奇幻旅程得以繼續！

就在爸爸順利降落上海浦東機場的兩天之後，我找到一班飛往北京的飛機。到北京隔離吧。我的先生已經辛苦地把爸爸帶回大陸，但是我必須完成最後一段路。帶爸爸回徐州。

我們分別在上海與北京隔離。他們爺兒倆的男生宿舍裡，除了不能抽菸之外，一起開會，一起喝茶，一起看電視，一起做體操，一天三個大飯盒，包子饅頭都不少，兩個人吃綽綽有餘。爸爸應該也挺開心的吧。

他們比我先回到上海的家。他把爸爸放在我事先準備好的櫃子上。

兩天之後我也解除隔離，在離開北京隔離酒店的巴士上，大多是和我同一班飛機從台北出發的台灣同胞。大家互通有無，看看下了巴士能不能一起搭車去高鐵站，或是機場。我隔壁坐著一位男士。我們聊了起來。

「您接下來要去哪裡？」我問。

「我先在北京一個星期，然後去上海，再去蘇州，然後去深圳。接下來要飛越南，只有越南不用隔離。」

哇，這真是一位事業有成的台灣大哥大。十二月初，中國推翻清零政策的防疫新十條還沒出爐，到大陸任何城市都還要5＋3不等的落地隔離。我想想他為了工作必須各處隔離的辛苦，十分佩服：「您是哪個行業啊？景氣已經復甦了？」

他神祕的笑笑：「特種行業。」

我臉上的問號連口罩都遮不住。

「我是替企業看風水的。」

原來如此。

我回過神。想起徐州那個什麼都不是的墓園。想起帶爸爸回家這一路上的各種關卡。我鼓起勇氣：「我可以請教您一個問題嗎？」

他點點頭。我簡要的說明我的任務。他是專家，一聽就懂，無須多言。

「妳怎麼知道妳爸爸上了飛機？」

嗄？

「有人根本不願意過安檢的，因為有紅外線。」

「可是我們已經把他帶回家了啊。」我支支吾吾的說。

「你們把骨灰罈帶回陽宅了？這是大忌啊。」

嗄？

我像是一個他的風水星球上的，外星人。

怎麼辦呢？

「妳有台灣擲筊的筊杯？」我點點頭。

「那就直接問問他吧。」但是他又立刻搖搖頭：「算了，問了也麻煩。妳就等到了徐州再問吧。」

我不知道該說什麼。

「有需要再聯絡我吧。」他給了我他的微信。

我們就此別過。下了車，我匆匆奔往北京首都機場，深怕趕不上飛往上海的班機。

好不容易通過層層檢查各式各樣健康碼行程碼的關卡，終於到了上海虹橋機場。離開上海時還是暖和的夏末，這會兒已經是細雨綿綿冷颼颼的初冬了。

回到家，夜已經深了。爸爸在家等我。櫃子上已經擺好了他的菸，也斟上了酒。

我想起那位黃先生的話，爸爸真的跟著我們來了上海嗎？

我一夜沒睡。

第二天一早，我點了香，唸唸經吧。我拿出書架上的金剛經。這是二〇一〇年我第一次陪爸爸回徐州掃墓之前，好友曉雯送給我的。她當然不知道——我當時也不知道——我要去面對的是一個已經不存在的墓園。而金剛經所言，以我的理解程度，正是「佛說何物，即非何物，是名為何物」。是關乎世間「諸相非相」虛虛實實的原理。看不見，消失了，不代表不存在。金剛經，不可思議的，解惑了我與徐州之間的大哉問。

但求心安吧。

那座爸爸花了那麼大心血，為他的父母打造的，最後卻片瓦無存的墓園。爸爸沒有選擇另起爐灶，因為重要的不是最終的地點，而是他一磚一石，一草一木，努力完成這個墓園的過程。是他當初少年離鄉，卻沒有想到再也回不去父母身邊的歉疚。他後來得知他的父親，我的爺爺，是在端午節前斷氣過世的，他更是自責。

因為他當年是在家吃了粽子，才離開的。

爺爺在盼他回家，也許端午節會回來吧。後來每年的端午節，都成了爸爸的清明節。

我本來也打算二〇二三年的端午節，再帶爸爸回家的。那時春暖花開，應該也有台北直飛的班機，而且大概也不需要隔離了。

「千萬別等春暖花開！」老家的親戚，青存，這麼警告我：「因為春天來了，到時候整天在公園裡修樹種花的工作人員，特別多，不好下手！要來就得現在來，趁著冬天管的人少！」

爸爸的奇幻旅程走到徐州，感覺上怎麼變成一個……月黑風高偷偷摸摸進行的違法行動？

我拍拍自己的腦門，還是專心唸經吧。

唸著唸著。一陣窸窸窣窣奇怪的聲音，出現在窗台上。

怎麼可能啊！我揉揉眼睛：六十五層樓高的窗沿上，竟然飛來了五隻鴿子！就在客廳的大窗前，老神在在，走來走去。

我放下金剛經，輕手輕腳地走向窗台，拿起手機把牠們拍下來。

是一個晴天，我們的窗戶朝東，陽光正從雲間竄出，替這些一圈綠頸的灰鴿子們，灑上了一層金粉。

然後牠們就飛走了。

在這裡住了快兩年，從來沒有看過的奇景。窗戶是封死的，根本打不開，更別說是放了什麼麵包屑之類的食物，吸引牠們。

我把照片秀給老公看。他也嘖嘖稱奇。

第二天，同樣在我早上唸經的時候，那五隻鴿子又來了。

牠們是一家子嗎？

我同樣拍了照，這才發現，手機上的時間，和前一天一樣，是八點二十三分。

第三天，我在工作。五隻鴿子同樣出現。我沒有特別看時間，但我相信一樣也是八點二十三分。

第四天早上，五點，天還沒亮，我們就出門了。帶著爸爸去搭六點半的高鐵回徐州。計程車上，爸爸就坐在我們中間。天漸漸亮了。高鐵上，老公在醒醒睡睡之間，還不忘拍照解說：「爸爸，你看，我們在去徐州的路上。」

到了徐州，我們出了車站，上山。不斷擴建的高鐵站，的確不太認得了。青存詳細說明了上山的路。我們循路上山。一路上他也不忘拍照紀錄：「這樣以後才不會找不到。」

公園入口處停著好幾輛摩托車，我們順著修好的石階往上爬，不是週末，公園裡除了巡邏和修剪樹木的工作人員，沒有別人。他還是揹著爸爸，那個有著彩色 Mini Cooper 的背包，我提著一個裝了祭拜物品的籃子，管理人員與我們擦身而過，他們看著我們，但沒有質疑我們。

公園最高處是一個開闊的平台。前方望去就是老家東賀村的方向。爸爸選的地點就在平台另一端的下坡。具體是哪裡，我還得等青存來確認。

揹著一把大鏟子的青存，沒敢走石階，怕引起注意，他從另一邊爬上山，避開了管理人員，他出現在坡底，朝著我招手。

我走下山坡和他會合。我說公園的管理人員還沒走呢，他說：「等他們午休時間再動手吧。」又接著問我：「妳東西帶了嗎？」

這像是我們的暗語。我拿出筊杯。在青存指點的範圍內，是在爺爺所在的後方，我得決定是哪裡，他才能動手開挖。

我想起那位風水老師黃先生的話。爸爸和我們一起回到這裡了嗎？

是的。清楚明白。

我接著問：爸爸，就是這裡嗎？

笑筊。

我退後一步，擲筊再問一次。

是的。就是這裡。

一正一反的聖筊，紅豔豔躺在落了厚厚一地的枯葉裡。

青存做了記號。我也把爸爸回答的聖筊拍了照，準備發給弟弟妹妹，讓他們安心。

「妳還是回到上面守著，免得萬一有人過來，麻煩。」

我回到平台站哨。他們兩個男生在坡底開始忙乎張羅。

我一個人抱著爸爸坐在平台的牆墩上。

我想對爸爸說點什麼，卻說不出來。

我很捨不得。

眼淚撲簌簌的流下來。

我就這樣抱著爸爸坐了好久。冷風裡冰冰的臉上淌著熱熱的淚。

一直到他們來叫我。

我的先生抱著爸爸走下石坡。大半個身子趴在深洞裡的青存，抬起頭說：「只能挖到這裡了，下面是石頭，挖不動了。」他放下鏟子，站起來：「這是天意，一直挖到這麼深，都沒碰到石頭，真是天意。」

我想起剛才那個要我退後一步的笑筊。原來如此，一步之遙，周圍都是石頭。

青存接過爸爸，小心翼翼的放入底部，說：「就是現在，十一點十八分，替妳弟弟撒一把土。」

我看著那個剛才抱在懷裡的爸爸，現在孤零零的躺在土壤深處。我抓起一把土，撒下。

爸爸……

落葉歸根。入土為安。

青存開始迅速地填土。我就在視線矇矓的淚水裡，看著那個我們一路抱著揹著帶回來的骨灰罈，消失在黃土中。

填完了土，青存跪在地上開始大哭，反而讓我一下子不知所措。我只能拍拍他的背，什麼也說不出來。

我拿出準備好的香火和酒，點上，斟滿。

停止哭泣的青存也把他帶來的金紙錢，給爺爺奶奶燒上：「他們以後可以一起聊天了。」

他把挖土時撥開的枯葉，又覆蓋回去。

一切完好如初。看不出任何痕跡。

「要是能下一場雪，就更看不出來了。」青存說。

我先生把帶來的整瓶白酒，都祭灑在周圍，冷冷的空氣裡，頓時飄起了濃濃的酒香。

但是我居然忘了帶菸！我懊惱極了。

「沒事，我們這就下山去買。」他看看時間：「還有兩個小時，還來得及。」

告別了青存，我們還是從原來的石階路下山。那些管理人員果然都不見了。

我們找了半天，最後在地鐵站裡找到一個賣菸的便利商店。買了菸，又匆匆再原路趕回山上。

已經過了午休時間，來時石階路上的斷枝殘葉已經打掃乾淨，平台上的角落裡，好幾個穿著制服的管理人員，在下棋呢。

我們果然順利地，神不知鬼不覺的完成了任務。帶著菸回到爸爸跟前，早上燒的香炷在落葉中還隱約可見。我們點上菸。爸爸，一路揹著你回家的女婿，給你買菸來了。我沒法一個人完成的，我忘了的，他全都替我補上了。

他也會陪我回來看你的。有他在，我不會找不到的。

我們告別爸爸，匆匆趕著下山，只剩下不到半小時，高鐵就要開了。徐州回上海的路上，看著窗外漸漸暗了的天色，我忍不住想，我呢？我將來要葬在哪裡？

哪裡才是我的家？

不是徐州。那麼，是台灣嗎？還是比利時？

我把幾張照片分別傳給弟弟妹妹，和兩個女兒。給女兒的照片裡也附著我的答案：我以後不要被封在一個罐子裡，也不要被裝在一個盒子裡，或是埋在一個坑裡。把我撒在一個什麼地方吧。

至於什麼地方？再說吧。

第二天是個週末。

八點二十三分。那五隻鴿子沒有出現。

之後也沒有再出現。

我想起青存說的：要是能下一場雪，就更看不出來了。

除了我，誰知道那些鴿子曾經來過？

除了我們三人，誰知道爸爸最後入土長眠的歸所？

從小，我最不喜歡的假期，就是清明節。春假作業裡，總是會有一篇「清明掃墓記」之類的作文。讓我覺得好像自己是個偷偷翹課逃學，不寫功課的壞孩子：無墓可掃，無可奉告。

我羨慕那些有墓可掃，可以圍著一方墓碑，鮮花素果，舉香悼念，全家祭拜的台灣同學們。

墓碑可以是志願嗎？小時候，每個人都寫過「我的志願」：長大以後，想當老師、律師、工程師、警察、棒球國手……

誰真正長大之後，成了自己小時候夢想的那個人？

但是我真的沒有想到，即使長大了，我還是，永遠都是，一個無墓可掃的孩子。必需偷偷摸摸，趁著管理人員的午休時間，或者是兩輪巡邏之間，倉促匆忙的祭拜。

我羨慕的不是一塊墓碑，而是墓碑上刻進了同一方石頭的，那些名字。和可以在天地之間，對著這些名字，名正言順地磕頭祭拜，痛痛快快乾一杯酒，哭上一場的理直氣壯。

沒有了寫著他的名字，和我們子女名字的墓碑，爸爸從此就是一個，孤魂野鬼了嗎？

在世的時候，是匹孤狼。往生了，還是一個無碑無墓的孤魂。

所以只能把爸爸寫在書裡。

用一本書，換一帖碑文。

寫於爸爸百日紀念

要這樣的生離死別，才能讓我們真正相識相遇 / 王雅倫作 .-- 一版 .-- 臺北市：時報文化出版企業股份有限公司，2023.01
面；　　公分 .--（新人間；377）
ISBN 978-626-353-347-9(平裝)

863.55　　111021150

ISBN 978-626-353-347-9
Printed in Taiwan

新人間 377
要這樣的生離死別，才能讓我們真正相識相遇

作者　王雅倫｜**封面・內頁繪圖**　王愛眉｜**封面設計**　朱疋｜**美術編輯**　SHRTING WU｜**主編**　謝翠鈺｜**企劃**　鄭家謙｜**董事長**　趙政岷｜**出版者**　時報文化出版企業股份有限公司　108019 台北市和平西路三段 240 號 7 樓　**發行專線**—(02)2306-6842　**讀者服務專線**—0800-231-705．(02)2304-7103　**讀者服務傳真**—(02)2304-6858　**郵撥**—19344724 時報文化出版公司　**信箱**—10899 台北華江橋郵局第九九信箱　**時報悅讀網**—http://www.readingtimes.com.tw｜**法律顧問**　理律法律事務所　陳長文律師、李念祖律師｜**印刷**　勁達印刷有限公司｜**一版一刷**　2023 年 1 月 13 日｜**定價**　新台幣 380 元｜缺頁或破損的書，請寄回更換

時報文化出版公司成立於 1975 年，並於 1999 年股票上櫃公開發行，
於 2008 年脫離中時集團非屬旺中，以「尊重智慧與創意的文化事業」為信念。